世界体坛的风云人物　乒乓外交的一代名人
历史关头的迷失跌宕　悟觉人生的淡定从容

沉浮庄则栋

鲁光 著

人民文学出版社

图书在版编目（CIP）数据

沉浮庄则栋／鲁光著． —北京：人民文学出版社，2014
ISBN 978-7-02-010206-8

Ⅰ．①沉… Ⅱ．①鲁… Ⅲ．①纪实文学—中国—当代 Ⅳ．① I25

中国版本图书馆 CIP 数据核字（2013）第 311838 号

责任编辑　包兰英
装帧设计　刘　静
责任校对　常　虹
责任印制　苏文强

出版发行　人民文学出版社
社　　址　北京市朝内大街 166 号
邮政编码　100705
网　　址　http://www.rw-cn.com

印　　刷　北京千鹤印刷有限公司
经　　销　全国新华书店等

字　　数　115 千字
开　　本　720 毫米×1020 毫米　1/16
印　　张　12　插页 1
印　　数　1—20000
版　　次　2014 年 4 月北京第 1 版
印　　次　2014 年 4 月第 1 次印刷

书　　号　978-7-02-010206-8
定　　价　49.00 元

如有印装质量问题，请与本社图书销售中心调换。电话：01065233595

目 录

一、永远关机 2

二、乒乓外交一"棋子" 45

三、上贼船的日子 87

四、自杀未遂 113

五、婚姻之船 125

六、人生是一个圆 138

七、最后一搏 167

后记 182

一代球王——庄则栋

一、永远关机

癸巳蛇年正月初一,晚上五点刚过,我拨打庄则栋的手机,"136……175"。

"对方已关机!"

我与庄则栋相交半个多世纪。五十多年来,或采访,或结伴出访,或共事机关,或私下走动,从未间断联系。

他得了癌症之后,我去他家里看望过他。他依然乐观,依然快人快语,一点也不忌讳病情,说是医生误诊为痔疮,耽误了一年多时间。当发现是癌症时,癌细胞已从直肠扩散到肝肺。他的妻子佐佐木敦子忧心如焚,说:"医疗费用太高了,承担不了……"庄则栋说:"我是靠药物在维持生命,大都是自费药,一个月至少要自掏八至十万元。我们的积蓄都花进去了。体育总局得知情况后,马上送过来十万元,唉,还是不够呀!"佐佐木敦子说:"不得已,我们给温总理写信……"

英雄落难了!不过,他依然精神饱满,说:"我已着手写书,写一本自传,还想办个书法展览……"

我环视了他的家居摆设，只见正墙上挂着范曾手书的横幅——"仁者不忧智者不惑勇者不惧"。庄则栋说，这是孔夫子的话，范曾新近送给他的。

"我的书法是学范曾的，学得还挺像吧？"庄则栋拿出几件书法作品向我展示。

说起写书，说起书法，他仿佛把致命的癌症忘到了一边，像一个健康的人，浓眉上扬，双目放光。

去年（2012 年），也是大年初一，我给他打过一个电话，除了说几句祝福之类的套话，就激他："小庄，不是常讲战略上蔑视，战术上重视吗？如今，你应以这种精神对待疾病……"

"哎呀，老鲁，我动了好几次手术了，割下来的肿瘤都像鸡蛋那么大，一割就好几个。可不久，肿瘤又长出来……真是没有办法了。"

看来，恶性肿瘤的快速扩散，已使这位硬汉子不得不悲叹了。

今年大年初一的电话，没有听到庄则栋那悲叹的声音。

入夜之后，我们全家到便宜坊烤鸭店，一起过团圆年。刚坐下，我的大女婿周业一边看手机屏幕，一边突然说："17 点零 6 分，庄则栋去世了……"

我不禁惊讶地叫了起来："那我打他手机时，他刚走，他刚走……"

关机，庄则栋的手机永远关机了！

回到家，我迫不及待地打开电脑，在百度输入"庄则栋"三个字，满眼皆是庄则栋去世的消息和照片。他 1940 年 8 月 25 日出生于扬州，2013 年 2 月 10 日去世于北京，在这个世界上生活、拼搏、跌宕了七十三个年头。

"一代球王"、"乒坛奇才"、"乒乓外交功臣"……当然,也有揭他政治老底的,总之网民们评说纷纭。

于是我萌生了一个念头,应该写一写他,让读者们了解一个真实的庄则栋。

我翻出了一本纸质已发黄的1964年11月号的《人民文学》杂志。那上面有我撰写的一篇报告文学《朝气蓬勃——庄则栋的故事》。此文写了庄则栋少年时代的成长经历和勇夺、蝉联世界乒乓球冠军的故事。他的小老虎风格和一代球王的英姿,在这篇文章中都有翔实的叙述。何不将此文一字不改地刊发于此,以飨读者呢?时过境迁,这种文字,眼下是再也写不出来了。但它却最真实地记录了庄则栋从一个北京胡同少年成长为乒乓球王的生动历程。

"小老虎"年代

人们常常带着骄傲自豪、敬慕热爱的感情,来谈论乒乓球世界冠军庄则栋的故事。他那胜不骄败不馁、勇往直前的小老虎风格,为祖国立功的顽强意志,给广大青年运动员们,树立了良好的学习榜样。

共产党员庄则栋,二十三岁。他朝气勃勃,热情洋溢,意气风发。和他朝夕相处的同伴都说,小庄说话办事,全是响当当的,干脆利落,和他打出的球一样;小庄像一团火,时时刻刻闪射着青春的火光。

为了表彰庄则栋对祖国的贡献,国家体委先后授予他两枚"体育运动荣誉奖章"。(注:三连冠,又授予他一枚。他一共获得三枚"体育运动荣誉奖章"。)他还光荣地当选为共青团中央委员、北京市人大代表、全国人大代表。

解放的那年，庄则栋只是个刚满八岁的孩子。他是怎样成长的呢？

庄则栋的母亲对人们说："则栋是党一手培养起来的。没有党，没有集体，他，一个毛孩子，成得了什么事！"

是的，庄则栋从懂事开始，就受到党的阳光雨露的抚育。他的成长，是党、是我们社会主义社会无微不至地教育培养年轻一代新人的缩影。

下面，便是庄则栋的故事。

难忘的第一课

1955年的冬天，一夜大雪，北京城披上了美丽的银装。第二天早晨，十三岁的庄则栋和他的小伙伴迎着漫天飞舞的雪花，沿着红墙绿柏的人行道，急匆匆地走进景山公园少年宫业余体育学校。他们一进办公室，小伙伴便叫道：

"辅导员，他来了！"

哦！辅导员抬起头打量小小个子的小庄。只见他面孔端端正正，眉毛漆黑，大眼睛虎虎有神，冻得通红的小手紧紧地握着一块厚海绵球拍，直挺挺地站在门口，好像就要参加一场比赛似的。辅导员见他这副严肃模样，不由好笑，问道：

"你就是他们说的'小球王'吗？考试那天你怎么没来？"

小庄马上答道："我不知道那天考试。那天我赛球去了，同学没找到我。今天来，您说，行吗？"

这小家伙一点不胆怯，说话爽爽朗朗。辅导员高兴地说道："当然行啦！咱们国家，这么多业余体校，就是为爱好体育活动的少年办的，走！"

辅导员带着小庄走进乒乓室。嘿，这么大的屋子，一字排着好几张乒乓球台，每张台子都有人在练习。这儿的设备、光线、台子、网子，样样比学校、比那些机关的标准多了。小庄正在四下观望，辅导员叫他和一个正在练球的孩子打打看。他立刻脱下棉衣，拿了球拍，往台前一站，拉开架势，挥拍就杀，一会儿就把对手打败了。一旁观战的孩子们哪里肯服气，不等辅导员说话，就一个接一个地上阵，和小庄来了一场"车轮战"。小庄不管对手是多高多大的，他都是挥拍噼噼啪啪一阵杀。当他战胜了所有的对手，才转过身来，不眨眼地盯住辅导员，那眼神，好像在问：行吗？辅导员早已满心喜欢这个大胆、泼辣的学生了，他满意地说："你考取啦。"小庄高兴极了，反而腼腆地笑了。可是辅导接着又说道："不过，你还需要从头练起。你打得很猛，但是缺乏基本技术训练。"小庄一愣，眼睛睁得大大的，他一时还没有理解这几句话是什么意思。

在学校里，小庄和几个同学组织了一个乒乓球队，经常向各机关的大人队和各学校高年级队递挑战书，比赛。他专门爱打比赛。辅导员教他练基本功，一两个钟头老是打一个动作，他觉得没意思。当辅导员一走开，他便高兴地和对手嚷道：

"不练了，不练了，咱们打比赛，记分，多过瘾哪！"

小伙伴们当然都是争强好胜的，哪有不赞成的道理。于是，按照他们订的一条"秘密"规定比赛：输的，要叫胜的一声"哥哥"。小庄常常当"哥哥"，他觉得这样比赛有趣。

辅导员很快就发现了这个"秘密",他觉得这个新来的学生又淘气又可爱,便走到台前,和蔼地对他说:"不要光打比赛呀,首先得练好基本功!"

小庄答道:"两个人老往一个地方打来打去,谁也打不死谁,那多不带劲儿呀!"

辅导员又讲了基本功的重要性,小庄虽然不言语,心里却不同意,等辅导员一转身,他又偷偷地和小伙伴们打起快乐的比赛来。

辅导员看得清清楚楚,心里琢磨:这孩子个性这样强,怎样才能引导他走上正规练习道路上来呢?他的基础、条件不错,但是,一味这样乱打下去,成了习惯,将来再训练、再改变、再纠正,那就困难了……

有一次,小庄又跟小伙伴们打记分,辅导员走过来,他立刻机灵地把球抓在手中,向对手使个眼色,改练基本技术。他想,这回,辅导员准该批评了。谁知辅导员却笑着说:"继续比赛吧,我给你们记分。"

小庄得到鼓励,兴致高极了,随心所欲地打了起来。

辅导员说:"你打个好球给我瞧瞧。"

小庄满心欢喜,扬拍一击,啪的一声,球重重地击中对方右角。

"好,真漂亮!照这样再来一个!"

小庄用足了劲挥拍打去,嗤一声,球钻进了深绿色的网里。他捡起球,发了过去,对方回过来,他又猛杀一板,球却飞出台外。他很恼火,一心一意要打出漂亮球,一阵猛抽猛打,一个好球也没有打出来。

辅导员举手喊"停",接着问道:"你知道是什么原因吗?"

小庄皱着眉摇摇头,答不上来。

辅导员认真地分析道:"第一个漂亮球是蒙上的;你可以蒙上一个

两个，可是打不出三个四个。原因就在于你缺乏基本功。练基本功，很单调，也挺艰苦，但是练好基本功，就能使这些偶然出现的好球经常出现。"说到这儿，辅导员用热情的眼光注视着小庄，只见他眉头皱得更紧，好像还不能领会这番话的意思。辅导员又耐心启发说："我们打球为了什么？增强体质，将来参加社会主义建设，保卫祖国。同时，你们不是想做个优秀的运动员，将来为祖国争光吗？那么，不下苦功夫练习基本功，不迅速提高技术，你们怎样实现这个志愿呢？你们都很有志气，我相信你们不会怕苦怕累，一定能坚持练习基本功……是吗？"

这一席话，对于小庄来说，是那么新鲜，仿佛把他领进了一个崭新的境界，使他懂得了许多道理：原来打球并不只是为了好玩，想做一个优秀运动员，但是优秀运动员可不是随便乱打出来的……想到这儿，他仰起头，倔强地说："辅导员，往后我决不乱打比赛了，我一定好好练基本功，您瞧着吧……"

"对，我完全相信你会踏踏实实练习。"

辅导员给刚刚踏上运动员道路的小庄，上了终生难忘的第一课。

镜子的故事

小庄是一个性格倔强的孩子，一旦懂得了正确的道理，就坚决去做，不达目的决不罢休。当他理解了基本功的重要意义后，就和镜子交上了朋友。

盛夏的一个早晨，辅导员走过乒乓球室，发现屋里影影绰绰好像有个人影在来回晃动。天还这么早，体校的大门还没开，是什么人？他走到窗前一看，只见小庄穿着红色运动衣、白色短裤，对着长方形的大镜子在左右跳动，一下又一下地挥动球拍，他神态严肃，两眼紧瞅着镜子里自己的动作。看得出来，他已经练习很久了，全身已是汗水淋淋。辅导员激动地推门进来，问道："你怎么来得这么早？你怎么进来的？"

小庄两眼直视辅导员，喘息着答道："我根本就没回家！"

辅导员惊愕了。原来，学校一放暑假，小庄就把少年宫当作自己的家了。他带着吃的，晚上练完了球，就跑到演出厅的舞台上，拼几把椅子当床，用紫红色的大幕布当被子，一盖，就呼呼睡了。拂晓，当树丛里鸟儿唱起晨歌的时候，他便爬起来，到校园里练一阵体操，然后再进乒乓球室对着大镜子练基本动作。一个暑假，他由开始只能打两三下的对角斜线球，已经练得能轻松地打上七八十下了。小伙伴们带着羡慕的口吻说："小庄的球越打越神了。"他尝到了练基本功的甜头，他跟镜子的关系更加密切了。

著名的乒乓球运动员常常到少年宫来辅导少年运动员。他们把自己的全部技术一样又一样地表演给孩子们看。他们把帮助、培养乒乓球运动接班人，当作是自己的光荣任务。有一次，名将王传耀来了，他讲了步法和手法，又讲打法，然后又讲各式各样的发球。有一个球，他发得很奇怪：先将球高高抛起，人蹲下去，将球发出去。许多孩子对这个发球发生了兴趣，都来模仿。但是，这个球很难发，发不好，就成了高球，被对方一板打死。有的孩子学了几天学不好，没了兴趣，不再学了。小庄却一直坚持学，在比赛中也用这种发球。发高了，被打死，他还发。

"你别发这种球了，没意思！"

连对手也不耐烦了。

"一定要学会。"

小庄一点都不泄气。那面长方形的镜子里,又出现了这位顽强的少年的影子。他回到家里,还要对着墙上的镜子练习。有时候,练得正确了,他自个儿也笑起来。母亲说他是个傻孩子。可是她哪里知道,小庄在向一位严格的老师请教。只要他的动作有一点细微的缺欠,从镜子里就明明白白地看出来了。

镜子,不仅照出了小庄的外形,而且也把他坚韧不拔的精神反映出来了。

半夜送球拍

1957年深秋的一个夜晚,小庄家里的古老的自鸣钟当当当敲了十下。小庄的母亲,脸上现出不安的神情,眼睛不时地望着窗外。天这么晚了,小庄还没有回来。又等了很久,门开了,小庄耷拉着头慢慢地走了进来。母亲十分惊异。以往,这孩子人未到,噔噔噔的脚步声先传来,一阵风似的冲进门,准是兴高采烈的。可是今天,为什么这样闷闷不乐、心事重重呢?

"则栋,你怎么啦?"

小庄简直要哭了,难过地说:"拍子丢了。"

这球拍丢得可真不是时候!明天他要参加北京市少年乒乓球单打复赛。球拍,犹如战士的枪,是乒乓球运动员的"武器"。失去用惯了的球拍,对比赛会带来多大的影响啊!他找了一天,直到此刻,也没有找到。

母亲觉得着急没有用，便安慰他说："再买一块吧！"

"这么晚了，商店早关门了，上哪儿去买？人家明天一早就要比赛啊！"

时钟的短针指着十一点半了，已是午夜时分，小庄还不肯睡觉。突然，笃笃笃，响起了一阵清晰的敲门声。小庄心里骤然升起一线希望，也许是什么人捡到拍子给送回来了？在我们的社会这是很平常的事呵！他飞跑出去打开大门，出乎意外，门口站着的是他最熟悉的人——辅导员。

"您——"

小庄瞪着大眼睛，猜不透辅导员深更半夜到家来干什么。

辅导员笑道："丢了拍子，还在着急吧？"

小庄毫不掩饰地回答："都急得睡不着觉了！"

辅导员从提包里拿出一块淡黄色的球拍，说："给你，这是梁指导送给你的。"

梁指导就是我国著名乒乓球老教练梁焯辉。这天傍晚，辅导员和梁指导在北京体育馆开完会出来，小庄正坐在大门口台阶上等着他。辅导员这才知道小庄丢了球拍。当他把小庄劝回家之后，梁指导问道："这小家伙是谁？他怎么了？为什么像在发愁？"辅导员告诉梁指导，这是他们少年宫乒乓球班的小运动员，是个顽强的孩子，明天就要参加北京市的复赛了，今天却把球拍丢了。梁指导听说小庄在紧要时刻丢了拍子，知道小家伙一定很着急，也可能影响他比赛时的情绪，便将辅导员领到自己家中，取出一块存放了多年的好球拍，请辅导员连夜送给小庄。

小庄听了这番话，双手捧着球拍，仿佛捧着老教练一颗滚烫的心，一股暖流迅速传遍全身。他一句话也说不出来，真的，此刻他也不知道该说什么才好。他站在强劲的秋风中，目送辅导员的背影消失在漆黑的深夜中，才回到屋里。在明亮的灯光下，他反复端详这块球拍，越看越爱。他握起球拍做了几下击球动作，十分称手。他心花怒放，幸福的波澜在心中翻涌……

他生活在一个多么美好的时代啊！党和国家无微不至地关怀着千千万万少年儿童，为他们创建了各种各样的活动场所，为他们派来了许许多多优秀的教师、辅导员，而这些人便像辛勤的园丁一样，全心全意地培育祖国的花朵，使他们健壮地成长。

风 雨 之 夜

天黑沉沉的，乌云随着疾风翻飞，轰隆隆一阵响雷，急骤的大雨倾泻下来。从清晨到傍晚，雨越下越大。马路上积水成河，电车、公共汽车都停开了，这在北京是一场罕见的狂风暴雨。

小庄焦急地盯着外面的天空，又瞅瞅钟，已是六点半了，他急忙系上红领巾，包好球拍，把裤子一直卷到大腿根，然后拿起雨伞……

母亲忙阻止道："这么大的雨，你上哪儿去？"

小庄答道："去少年宫。"

"这样的天，还去练球？不去了。"

"怎么能不去哪？我们规定七点半练习。"

"规定是规定，今天可以例外了，没人去的！"

小庄像个大人似的认真地说道："妈妈，一个运动员，遇到一点风雨就不练习了，那还叫什么运动员啊！再说，凡是规定的，就应该坚决执行……"

母亲阻拦不住坚强的儿子，只好叮嘱他走路小心，让他去了。

少年宫的辅导员站在窗前，透过玻璃窗上飞溅的水花，凝视着风雨的夜空，心想：今天晚上，孩子们不会来了，雨太大呀！

外边一阵响雷，一道闪电，在耀眼的电光中，他看见一个孩子撑着大红雨伞，顶着风雨，蹚着深水，走进大门。他立刻迎了出去，一看，是小庄。

"下这么大的雨，你怎么还来？"

小庄答道："今天我们练球，怎么能不来呢！"

辅导员望着浑身上下被雨淋得湿透的小庄，感动地说："你做得对。一个运动员，就是要这样严格要求自己，自觉地遵守纪律；就要有这样坚强的意志。擦擦水，我们准时练习。"说罢，帮助小庄擦干头上脸上的雨水，脱去外衣，拿起球拍，陪着小庄练起球来。

小庄勤学苦练，技术有了很大的进步。两年里，他先后获得了三次北京市少年乒乓球赛单打冠军和男子单打比赛第三名。

人们也许会问：难道庄则栋的少年时代，终日在打球吗？他在学校里的学习情况怎样呢？在这里，我们只说一个故事就够了。小庄在学校里，是个"三好学生"。

学校的老师鼓励、支持小庄打球，但是也要求他必须先完成学校的课业。这些，小庄全做到了。有一年学校期末考试到了，少年宫为了让孩子们集中精力复习功课，停止了练球。但是小庄一听乒乓球乒乒乓乓声，一见别人打球，就心神不定，坐也坐不住。小伙伴们叫他去比赛，去不去呢？真想去！球拍就在书包里装着，要去比赛，说走就走。但是，平日里老师、辅导员讲的那些话，都给了他深刻的影响。首先应该做一个红色的接班人。在旧社会，有人说运动员是"四肢发达，头脑简单"的人。而在今天，一个运动员要有建设社会主义的远大理想，必须加强学习。自己既然立志做个优秀的运动员，就应当按照老师们的指导去做。可是，乒乓球台、比赛，对他的吸引力太大了，怎么办？

小伙伴们还从来没有见过小庄听说去打球，这样不痛快过，就催促道："快走呀，回头要晚了！"

"咱们都不去，温课！"

有几个小伙伴不以为然地说：

"不去拉倒，我们走！"

小庄见同学们走了，他却匆匆地赶到少年宫，找到辅导员，从书包里掏出球拍，往前一递。辅导员不理解地问道：

"怎么了？这做什么？"

小庄孩子气地说："把拍子放在您这儿，您给我收着。等考试完了，再给我。放在书包里，摸着它，看着它，我就想打球，影响我复习功课。"

辅导员看出小庄用了多么大的自制力，顿时，他心里觉得热乎乎的，眼前的小庄，仿佛忽然长高了、长大了。

这一学期，小庄门门功课的成绩都是优秀。

一条运动员的道路在庄则栋的面前展开了，但是从少年运动员到优秀运动员，他还要经受许多的考验。

初上"战场"

　　1958年春末夏初的一天，北京体育馆里，中国队和欧洲最强的匈牙利队的对抗赛正在激烈地进行。这天天气并不热，可是小庄却觉得很热，出汗最多。他不停地用手帕擦汗，可是汗珠儿还是不停地沁出来。

　　这是他第一次参加国际比赛，对手是欧洲亚军、匈牙利的全国冠军杰维特。他心里有点紧张，站在运动员入场处伸头往场里一瞧，嘿，密密麻麻，一片观众的海洋，发出一种震耳的喧闹声。过去，他常常在这里看比赛，却从来不曾感到场面这样大、观众这样多。现在，他，十六岁的少年运动员，作为北京市乒乓球队的选手，就要进场比赛了，会打得怎么样呢？他心里有些发慌，身上感到不很自在。

　　领队和教练问道："小伙子，要开始比赛了，有信心吗？"

　　小庄拧着眉头，没有回答。

　　领队按着小庄的肩头说："要有信心，要勇敢，要敢于同名手比赛，不要紧张。把你的技术发挥出来，完全能够取胜。"

　　同伴们也都赶来给他打气：

　　"这是锻炼的好机会，你呀，一上场就放开手猛抽猛打，准保赢！"

　　这时，广播里宣布：下一场，匈牙利全国冠军杰维特对北京市少年冠军庄则栋！场子里立刻爆发一阵掌声。在裁判员的带领下，杰维特迈开大步往场里走去。教练轻轻地拍了小庄一下，说道："上！放开打！"

　　观众们看到身体高大的杰维特弯下身来和小小个儿的小庄握手时，

不禁发出欢快的笑声。有人喊道："小庄，加油！"这声音阵阵传进小庄耳里，是那么清脆有力。小庄轻轻地嘘了一口气，仿佛身上猛然间又添了一股劲儿。

他往台前一站，心想：这不正是到了为国争光的时刻了吗？我代表北京市，绝不能给北京人民丢脸。他镇定下来，刚才的那种紧张情绪消失得无影无踪。他充满了责任感，冷静地进入了战斗状态。比赛一开始，小庄便"左右开弓"，球像连珠炮似的射向对方的桌面。这种全新的近台全攻打法，对于杰维特来说是陌生的，使他左右奔跑，应接不暇。比赛结果，欧洲名将败在小庄拍下。

全场观众大为震动，他们用经久不息的掌声祝贺小庄的胜利。

小庄走出比赛场，领队亲切地抚摸着他那支棱着的短头发，说："你看，放开了打，你不是打败了名将吗！"

教练问道："以后再碰上名将，怎么办？"

小庄扬起双眉，有力地回答道："不怕，放开了打！"

从这次比赛中，庄则栋懂得了，跟强手名将比赛，首先要有大胆勇敢的精神。

"祖国人民可要这一局"

飞机起飞了，渐渐升上高空。机舱里乘坐着中国乒乓球乙队的一群年轻的运动员，他们去欧洲访问比赛。

庄则栋透过明净的机窗，依恋地瞧着渐远了的金碧辉煌的北京城。

这是他第一次代表祖国出国比赛。他感到事情已经不是那么简单了。他的乒乓球活动，已经跟国家荣誉联系起来。他的思潮汹涌起伏：任务是光荣而又艰巨的。

他记起临行之前，国家体委的负责同志对他们说的话："你们是我国乒乓球运动的接班人。……你们是代表全国人民出国比赛，一定要打得顽强，争取胜利，为祖国争取荣誉。当比分落后的时候，也不要灰心气馁。你不要这一局，全国人民可要这一局！"这番话，小庄牢牢地记住了。现在，他再次体会这番话的含义。

遥望机翼下面，他知道那喷吐白烟的工厂区，工人们正在挥汗如雨地劳动；那广阔的田野上，公社社员们正向大地索取更多的棉粮。他知道，勤劳勇敢的六亿五千万人民，正在党和毛主席的领导下，意气风发，高举三面红旗奋勇前进。我们是祖国年轻的一代，就必须表现出祖国人民大跃进的精神。再见了，亲爱的祖国、亲爱的北京，我们一定不辜负您的期望。

年轻的运动员们到了英国，前来迎接的人们看到这群年轻无名的运动员，仿佛有些失望。

在英国牛津的一场比赛，庄则栋经受了一次严峻的考验。第一局，他输给了英国名将麦雷特。第二局，二比十五，他处于绝对的劣势中。

他到场边捡球的短暂时间里，耳边响起了："你不要这一局，全国人民可要这一局！"这句话猛烈地震动了他的心：我们是新中国成立后第一个到英国访问的体育代表队，每一场球的胜负都会给祖国的荣誉带来影响啊！我没有权利轻易丢失一分。这时候，跃进中的祖国，意气风发的人民，仿佛就站在他的身后注视着他。他使自己镇定下来，心中只有一个坚定的信念：追上去。

继续比赛，这时他已经控制住刚刚冒头的急躁情绪，一板又一板地拉球，拉了二十几板，看准了一个机会，狠杀一板赢了一分。一个快攻型的选手，采用这样的打法，需要多么大的毅力啊！这一分球，充满了小庄对祖国人民的赤诚，对祖国荣誉的高度责任感。他用这种又稳又勇的打法，追成十九平。麦雷特大概从来没有碰到过这样顽强的对手，不禁心慌意乱起来，连失了两球。小庄取得这一局的胜利。在决胜局，小庄意志更加坚定，信心更足，那疾风骤雨般的抽杀，使得麦雷特再也抵挡不住，败下阵来。

在英国，中国的年轻运动员们取得了六战五胜一平的辉煌战绩，轰动了英伦三岛。从各地赶来观看比赛的侨胞们，看到小将们取得一场又一场的胜利，许多人激动得流下了眼泪。一位老华侨说："看到你们这些生龙活虎的年轻运动员，就像看到了新生的祖国。过去被人视为'东亚病夫'的中国人站起来了，向世界显示了自己强劲的力量。我们感到自豪和骄傲。"伯明翰市的华侨为了表达对祖国的深厚感情，送给小将们一面大锦旗，上面写着四个大字：威震海外。

小庄又一次深刻地感到自己从事的体育事业的重大意义。打球，它是一项严肃的革命事业；一个运动员，必须是一个革命战士。

坚持，就是胜利！

年轻的运动员们结束了在英国的访问后，去参加斯堪的纳维亚国际乒乓球锦标赛。途中在火车上，小伙子们有说有笑，胜利的战果，仍在激荡着他们。庄则栋也同大家一样，心情特别开朗，脸上浮现着幸福的笑容。领队望着这群活泼的年轻人，他的心里也很高兴。大家正在谈笑，小庄忽然问领队："咱们这次出国的任务，完成三分之二了吧？"

领队仔细地打量一下小庄，只见他的脸上挂着天真的笑容，眼睛睁得挺大，带着坦坦然然的询问神色。领队没有立刻回答他的问话，却讲起旧社会运动员出国参加比赛的故事。他说，国民党反动政府，为了装潢门面，有时候也派运动员出国比赛。但是他们并不真正爱护运动员。有个运动员在国外比赛后，连回国的路费也没有，他一连打回几个电报，国民党政府理也不理。最后，这个运动员卖光了衣物，靠别人捐助，才坐轮船货舱回到祖国。

小庄听了这个故事，跟自己作为新中国运动员的一切相比，充满了幸福感。但是，领队为什么在此时要讲这些事情呢？他不由插话道：

"旧社会，怎么能和我们今天的新社会相比……"

领队笑了，他把谈话引到正题上："所以，我们这次出来，能够取得好的成绩，并非偶然。但是，我们在任何时候都不能有半点自满。做事一定要有始有终，特别是在这最后时刻，要一鼓作气，才能取得最后胜利……"

领队的话，像一阵春风吹拂在小庄的心上，他觉得头脑清醒了。

是啊，面前等待着他们的将是艰巨的考验。斯堪的纳维亚的比赛，名义上是北欧地区的比赛，实际上，却有亚、欧、美三大洲的一百多名优秀选手参加，是一次具有世界水平的大赛。

火车在飞奔，小庄伏在窗口远远望去，在车轮隆隆的响声中，他心里暗暗念道：绝不放松，一鼓作气……

比赛的确是空前的紧张、激烈、艰苦。在进入决赛那天，小庄从中午十二点开始打，一直打到深夜十一点多钟。计算起来，他已经打了七场四十一局。比赛一场接着一场，中间休息的时间最多只有二十分钟。这是多么艰苦的比赛啊！但是，还有三场决赛在等待他。时间到了，这是为国争光的关键时刻，坚持到底，就是胜利！小庄舔了舔干裂的嘴唇，拿起球拍，精神抖擞地上场了。

结果，小庄获得了男子单打冠军；他和李富荣合作获得了男子双打冠军；他和胡克明合作获得了混合双打亚军。

这批年轻小将们的小老虎风格，使世界各国选手们大为吃惊。瑞典队教练说："中国运动员真厉害，他们常常在比分落后的情况下，还是猛抽猛打，简直叫人失去了打败中国人的信心。"

这次比赛，对庄则栋来说，是技术上的考验，也是一次意志上的考验。

他们终于胜利归来了。

祖国啊，年轻的运动员们没有辜负您的期望。小庄和他的年轻的同伴们，在战斗中，渐渐成长为坚强的战士了。

为 国 争 光

春风吹拂，桃花盛开，满城葱绿。1961年的灿烂春天来到了北京。大街上，橱窗里，到处张贴着耀眼的巨幅宣传画：第26届世界乒乓球锦

球场小老虎庄则栋

标赛。街头巷尾，人们到处在谈论着即将到来的比赛。在北京，在全国，形成了一股乒乓球的热潮。

　　年轻的乒乓球运动员们，生活在紧张、兴奋的气氛中。每天，无数的观众接踵来访；从祖国的边疆、海岛、草原、农村、城镇，充满期望的信件犹如雪片飞来。第一次参加世界锦标赛的庄则栋，无法遏制住自己激动的心情：争取世界冠军，这是多少人的期望啊！多少亲人的嘱咐在他耳边回响，多少亲人的影子在他眼前出现！

　　那是1960年春天，庄则栋刚从国外访问回来，参加北京市文教群英会的时候。在雄伟壮丽的人民大会堂的休

所向无敌——庄则栋赛场英姿

息厅里，一位白发苍苍的老太太走到他的跟前，用慈祥的目光把他从头到脚打量了一遍又一遍，把庄则栋都瞧得有点不自在、有点难为情了，这位老代表才轻声问道："你是小庄吧？"

庄则栋立刻站起来，点头答是。

老人紧紧拉住他的双手，语重心长地说："大家对你的希望可大呢！"

庄则栋全身热血沸腾，感动得差点流出眼泪。简简单单的一句话，包含着多少期望、多少鼓励呀！此刻，那位老太太仿佛就站在面前，那含笑的眼睛，那充满期待的神情，那深切的叮嘱……怎么能够忘记！

庄则栋又打开了那张发黄的报纸。这是一位老华侨寄来的剪报。二十多年前，那时候庄则栋还没有出生，一个资本主义国家的报纸讽刺出国访问的中国足球队：一幅漫画，上面画着一个鸭蛋，在鸭蛋上写着"中国"两个大字。老华侨来信说道，当他看到这幅侮辱自己祖国的漫画时，义愤填膺，便把这张报纸剪了下来，放进箱子，保存起来。他多么盼望祖国的体育事业有扬眉吐气的一日呀！当他知道第26届世界乒乓球比赛就要在北京开幕的消息，他将这张报纸寄回祖国，希望祖国的年轻运动员夺取冠军，为祖国争光。

多少人怀着深厚的感情关心着比赛的胜利啊！比赛前夕，一位从外地回北京休假的解放军军官，怀着战士的激情，带着解放军官兵的祝愿，赶到运动员的住处。他问道："同志们，我能做点什么呢？"年轻的运动员们感谢他的关怀，他满怀军人的豪情说："我还是给同志们谈谈自己学习毛主席的战略战术思想的心得吧。因为对就要上阵、完成党和人民的嘱托和任务的战士来说，此刻最重要的就是伟大的毛泽东思想……"

这阶级友爱的火焰,温暖着、燃烧着庄则栋:解放军同志啊,我知道,在困难面前,我们应该像你一样,像勇猛顽强的战士一样,敢于战斗,敢于胜利!

决赛开始的前夕,领队来到庄则栋的寝室,通知他参加团体决赛的决定,并且同他研究决赛的形势……那时候,日本乒乓球队是世界冠军队,他们拥有许多世界名将,如被人称为"智多星"的荻村,被人称为"猛狮"的星野,还有球路怪特的木村兴治……这次,他们还带来了一种崭新的技术——弧圈形上旋球……

庄则栋深深知道,这场比赛,困难重重。但是,他坚定地说道:"我上,有信心!"

他觉得,党和同志们把这样重大的任务交给他,是对他的莫大信任,也是他最大的光荣。为了祖国人民的荣誉,担子再重也要挑起来;是湍急的江河也敢游过去,是险峻的高山也要攀登上去;再强硬的对手,也要有战胜他们的信心!

领队望着这位满怀革命激情的十九岁的青年,满意地笑了。

窗外,月光如水,星光闪耀,北京四月的深夜,是这样静谧、美丽。庄则栋像战士出征前检查枪支一样,从枕头下抽出了他心爱的球拍,翻来覆去地瞧着。这块红色球拍的木板上,镂刻着四个红字:加、迅、尽、打。意思是:加紧训练,迅速提高,尽最大努力,打出最高水平。这是国家体委领导向年轻的乒乓球运动员们提出的要求和号召。庄则栋把这四句话缩成四个字,用刀尖刻在木板上,牢牢记住。为了实现这个要求,

1961年，第26届世乒赛男子单打冠军庄则栋和女子单打冠军邱钟惠

毛泽东、刘少奇、周恩来等国家领导人接见乒乓球运动员

他付出了多少辛勤的汗水！隆冬的早晨，冒着寒风，他从不间断地练习长跑。北京工人体育场通向北京火车站的路上，每天他都洒下热气腾腾的汗珠子；他那球拍背面，被手指抠出了一道道深槽……现在，为祖国立功的时刻就要到了。他抚摸球拍，兴奋地说："伙计，咱们一起努力吧！"

第二天晚上，他怀着对祖国、人民的热爱，对党的忠诚，像一个战士一样，投入到了激动人心的比赛战斗中。

在和日本队争夺男子团体冠军的决赛中，庄则栋担负了打头阵的艰巨任务。他的对手是日本的全国冠军、被人称为"凶猛的雄狮"的星野。庄则栋以二比〇战胜，为中国队立下第一功。在第五盘比赛中，他又击败了荻村。二战二胜。他出色地完成了自己的任务。中国男子乒乓球队以五比三击败了雄踞世界乒坛冠军宝座八年之久的日本男子乒乓球队，第一次荣获了思韦斯林杯。

这天夜里，有多少人拍红了手掌、喊哑了嗓子，兴奋得不能入睡！但是，庄则栋却在冷静地考虑下一场战斗：在单打比赛中，他将与日本的木村交锋。木村左手握拍，拉出来的弧圈形上旋球又怪特又有强烈的前冲力量，在中日团体赛中，出人意外地击败我国名将容国团和徐寅生。外国的记者们预测说，木村是这届锦标赛的冠军希望。

"不，一定要击败木村，一定要保住中国人的世界单打冠军。"

庄则栋下了决心。

4月11日夜里，庄则栋和木村的比赛在紧张的气氛中开始了。第一局，他不适应木村的球路，失利了。第二局，又〇比七远远落后。场上一万五千多名观众，电视机前、收音机旁的成千上万观众、听众，都替庄则栋捏一把汗。但是庄则栋站在台前，神态自若，没有一点慌张神色。他成竹在胸，这是一场预料之中的艰难比赛。在思想上、技术上，他都做了最充分最艰苦的打算。徐寅生和木村比赛失利后，总结了一条经验，他连夜告诉了庄则栋："你要打在木村前头。"徐寅生这种以集体为重的高尚品质，常常地激励着庄则栋。现在，经过一局多的比赛，他逐渐地适应了木村的怪球，立刻开始采用"打在木村前头"的打法，压住了木村，使他拉不出弧圈球。庄则栋接连夺回两局。在这当儿，场上突然爆发起雷鸣般的掌声，原来在邻台上比赛的张燮林，用他那奇妙的削球挫败了星野。队友的胜利，鼓舞了庄则栋。他拿起挡板上的毛巾，擦了擦满头的大汗，对教练说："劲儿来了。"继续比赛。他越打越猛，球如同闪电白光射向对方台面，很快击败了木村。接着，他又打败荻村，并战胜了自己的战友徐寅生和李富荣，获得了世界男子单打冠军。在圣勃莱特银杯上，又一次刻上中国人的名字。

在荣誉面前

庄则栋的名字，一下子传扬开了。祝贺的电信从四面八方源源而来。有些信的信封上，只写着：世界冠军庄则栋。但是信也寄到了。有时，他走在路上，突然会被一群红领巾队员包围起来，向他敬礼……他到处都受到人们的欢迎和尊敬。在我们的国家里，一个为国争光的人，人们给予他极大的荣誉，是很自然的事。但是在荣誉面前，却也是一个严峻的考验。

毛泽东主席接见乒乓球运动员

周恩来总理向胜利归来的庄则栋、徐寅生等乒乓球队员敬酒祝贺

周恩来、邓颖超邀请乒乓球队员到中南海西花厅做客

有些好心的同志为庄则栋担心，他，一个十九岁的年轻人，经受得住这个考验吗？于是，他们和庄则栋做了一次坦率的谈话。

"小庄，你会骄傲吗？"

"不会。"小庄干脆地答道。

"你现在不会，将来会不会骄傲呢？"

"不会。永远都不会。"小庄十分严肃、认真地答道。

于是，小庄向关心他的同志说了他为什么永远不会骄傲。

那年冬末，当年轻的运动员"威震海外"载誉归来时，一位中央领导同志接见了他们，并意味深长地讲了项羽和刘邦的故事：项羽兵多将广，很少打败仗，慢慢地他骄傲起来，自封为西楚霸王，根本不把刘邦放在眼里。可是到后来，刘邦把项羽打得一败涂地，困在垓下。西楚霸王被迫自刎而死。

"为什么偏偏在今天给我们讲这个人人皆知的历史故事呢？"庄则栋想道。他立刻明白了，这是教育我们，有了成绩，不要骄傲自满。骄兵必败。毛主席教导我们："虚心使人进步，骄傲使人落后。"他把这句话牢牢地记在了心间。

且不说众多热情的年少的、年老的观众在礼品上绣着"愿你戒骄戒躁，永远像这朵牡丹花一样，越开越鲜艳！"信上写着的"愿你永远以小老虎的精神活跃在世界乒坛之上。"……

每次当他站在高高的领奖台上，接受奖杯时，他想到的都是：这是集体的力量，集体的荣誉。第26届世界乒乓球锦标赛之前，日本队出现了具有强大威胁力量的新技术——弧圈形上旋球。为了练出对付这种球

1961年，庄则栋获第26届
世乒赛男子单打冠军

的技术，许多同志心甘情愿地放弃了自己原来的打法，专门练习弧圈球。他们从来没有见过这种球的打法，无可借鉴。但是，他们以顽强无比的毅力，摸索着，研究着，练习着，终于会拉弧圈球了。他们把臂膀练得红肿、疼痛，也不吭声。他们提出了"随叫随到，百练不厌"的口号，陪着庄则栋和其他同志练习。他们为了集体、为了祖国的荣誉，甘愿做无名英雄……

"我是代表集体领奖的。成绩应归功于党、归功于人民，我没有权利骄傲。"

这是庄则栋的由衷之言。

越是在胜利的时刻，庄则栋的头脑就越清醒。每次比

周总理也爱打乒乓球，在与庄则栋"较量"。裁判员是女子单打世界冠军林慧卿

赛下来，他对教练说的第一句话往往是："我打的有什么缺点？"在平时训练、比赛中，保持着谦逊的态度。有一天，余长春和廖文挺在练弧圈形上旋球，庄则栋在一旁观看。有时球拉漏了，冲出老远，他就一次一次地去捡球。捡球，看起来是件微不足道的小事，但是，却反映出他的普通一员的身份和风格。

庄则栋每次出国回来，总要抽空去看看他少年时代的教练。有一次从国外回来，下了火车拎着箱子还没有回家，就先到少年宫去看教练和孩子们。他不顾旅途的疲乏，挥拍教孩子们打球。在孩子们中间庄则栋留下的印象是那么深刻。少年宫的孩子们选标兵时，一致选了庄则栋。他们向庄则栋学习的第一条就是：不骄傲。

1962年春天，庄则栋加入了光荣伟大的中国共产党。从此，他对自己的要求更严格了。

更上一层楼

初冬的一个星期六晚上，十点多钟，庄则栋回到家里，母亲一边催他上床休息，一边进里屋生炉子。等她再出来时，却不见了庄则栋。她叫了几声没有人答应，院子里也没有人影。上哪儿去了呢？过了很久，庄则栋淌着热汗，喘着粗气回来了。原来他沿着宁静的街道，从地安门到鼓楼到宽街，跑了一大圈。母亲带着疼爱的口吻说："则栋，星期六也不歇歇呀？"庄则栋解释道："妈，作为一个运动员，是时刻不能忘记锻炼的。"

有人曾经夸赞庄则栋是"天才的乒乓球运动员"。庄则栋的经历却证明：天才来自勤奋。他从来不觉得自己比别人聪明，甚至觉得"笨"。但他却深深懂得"勤能补拙"的道理。他说："功夫都是练出来的。既然要练，就必须脚踏实地，不能怕苦。"从国外访问归来，一下飞机，他常常不顾旅途疲惫，拿了球拍上练习场。他练球，常常打到一千多下，球跳不起来了。原来球落在一泡汗水里。他拿起球，想擦干再打，但浑身上下没有一处不湿的地方。短裤湿透了，鞋袜浸透了，浑身全湿，好像刚从水里钻出来一样，连擦汗的毛巾也拧得出水来……他自己开玩笑地说："我最怕热！"

　　他十分自觉地进行刻苦锻炼。乒乓球队的同志们对他是用不着说"加点油"这类打气话的。对他只能说："控制点！"有时候，教练担心他疲劳过度，只得对队员们说："今天谁也不要陪庄则栋练球！"长跑时，干脆给他下命令：不许跑前三名。

　　在勤奋锻炼的同时，庄则栋注意改进自己的技术，即使是极其细微的动作，也虚心地向伙伴们请教学习。听说有一名少年运动员发球技术很高明，他就登门拜访，与小选手订"合同"，一起练习。小选手发球，他在一旁留神观摩。他发球，请小选手纠正。他懂得，目前，乒乓球运动新技术纷纷出现，要保持优胜，就必须不断改进技术，迅速提高。他常说"提高技术是永无止境的"。为了保住祖国人民的荣誉，他无时无刻不在探索提高球艺的道路。他懂得，要真正克服缺点，使技术更上一层楼，最重要的是提高思想水平。他认真阅读毛主席著作，重要的地方用红笔画杠杠打圈圈，写心得体会，而且联系实际活学活用。譬如，比赛场里声音嘈杂，他心里就不安静；比赛前往往要练半个小时，比赛时才能发挥水平……学习了《矛盾论》之后，知道了只要经过自己主观努力，客观环境和事物是可以熟悉和掌握的，习惯是可以改变的。从此，他就经常在不好的条件下练习；在音响最嘈杂的场地练习；在灯光不足的地方练习；在弹性不好的台子上练习；不练习，马上出场比赛。

庄则栋不仅从难从严要求自己，使自己的球技不断提高，他想得更多的还是如何保持集体的荣誉。第27届

1963年，庄则栋获第27届世乒赛男子单打冠军

世界乒乓球锦标赛结束后,他感到我国女队的水平需要提高,在回国的火车上,他就主动地与梁丽珍订了"合同",回国后帮助她练习。梁丽珍怕影响他的训练,笑道:"不必了吧,见我有什么缺点你说一说就行了。"庄则栋却执意要陪她练习。在陪练中,庄则栋非常认真,一边打一边讲解,纠正动作。梁丽珍说:"庄则栋的精神真使我感动,我要更勤奋练习,赶紧提高水平。"

庄则栋就是这样一个勇往直前,谦逊热情,朝气勃勃的年轻人。

这篇文章写于二十世纪六十年代,带有鲜明的历史痕迹,今天看来确有许多地方需要修改。但之所以把它完整地、原封不动地放在此书中,就是想让人们真实地了解庄则栋的成长过程、成名经历。

庄则栋无疑是成功的,他之所以能够成为世界冠军、一代球王,有历史的机遇、命运的机遇,但也绝对与他的顽强拼搏、勤奋努力分不开。如果没有扎实的基础、精湛高超的球技,那么,即使是面对天时、地利、人和,又会怎样?机遇只钟情于有备者,这是千真万确的真理。

补记之一:

《朝气蓬勃》只写到1963年的第27届世乒赛。1965年,庄则栋在南斯拉夫的第28届世乒赛中又获得了一次男子单打世界冠军。他三次蝉联男子单打世界冠军,将圣勃莱特杯复制了一座,永远地保留在了中国。他还连续三次获得全国男子乒乓球冠军,连续三次获得国家乒乓球队队内男子单打冠军,一人独获三枚国家体委体育运动荣誉奖章。这是一个奇迹。据说,获此殊荣者,中国只有庄则栋一人，世界上也只有庄则栋一人。故称庄则栋为"乒乓球王"是名之固当的。

补记之二：

1961年世界乒乓球锦标赛在北京工人体育馆举行。当时日本乒乓球队多年雄踞世界冠军宝座，实力非凡。中国男团与日本男团交锋是那次世乒赛的大热点。当比分出现二比二时，庄则栋对阵日本名将荻村伊智郎。毛泽东主席在中南海通过电视观看了这场比赛。看到关键处，他冲着屏幕上的庄则栋大声喊道："我的小祖宗，你快给我拿下来吧！"庄则栋不负毛主席的厚望，打败了荻村，为中国队拿下了关键的第三分。毛主席观球情景，成为中国高层人士的美谈。传到民间时，人们被伟大领袖的真情诙谐所深深感染。

补记之三：

关于让球的传闻。

1961年第26届世乒赛进入男子单打半决赛时的四名运动员，是清一色的中国运动员：庄则栋、徐寅生、李富荣、张燮林，出现了中国人打中国人的喜人局面。荣高棠向贺龙副总理汇报后，决定徐寅生让庄则栋，张燮林让李富荣。决赛时，李富荣让庄则栋。让庄则栋当世界冠军的理由，据说是庄则栋的中近台两面攻的打法颇受好评，他在团体赛中拿了两分，表现出色，有潜力再连续夺冠。如果庄则栋能三次蝉联世界冠军，圣勃莱特杯就可以复制一座永远留在中国。贺龙副总理对徐寅生说，这次委屈你了，党和人民会记住你的。

永远关机

这个决定开了中国乒乓球队让球之先河。五十多年来,"让球"时有发生,风波不断。主要出于两种原因:一是祖国荣誉第一。面对国外选手,为避开"克星",更有利拿下"对手",决定谁上谁下。像打仗用兵一样。二是政治需要、友谊需要,让中国队员做出牺牲。

到了1987年第39届新德里世乒赛半决赛时,中国队何智丽、管建华打半决赛,胜者对韩国梁英子。队里决定何智丽让管建华,由管建华去对付梁英子更有利于中国夺冠。何智丽不听招呼,打赢了管建华,又击败梁英子拿了冠军。何智丽成为中国乒坛第一个挑战"让球"潜规则的人。拿了世界冠军,本应庆贺,反倒遭受批评。此事成了轰动一时的何智丽"让球事件"。

当"让球"内幕揭开之后,舆论哗然,引发了一场旷日持久的大争论。当然,也引起了体育界高层的反思。

归纳起来,大概有以下三种观点:

一、"让球",是为国家利益,把祖国荣誉放在第一位,个人服从大局,理所当然。

二、体现了"友谊第一,比赛第二"的精神,局部服从全局,个人作点牺牲是应该的。

三、"让球违背奥林匹克精神,违背体育竞赛公平、公正的原则。"据说,有人问过一位三次获得世界亚军的著名国手此生有何遗憾?他说:"最大的遗憾是没有拿过一次世界冠军。"毋庸置疑,"让球"除去彰显祖国荣誉和满足政治需要外,不知让出了多少解不开的矛盾,让出了多少"终身遗憾",伤了多少人的心……

但愿"让球"这一潜规则,随着那个特殊时代的结束而结束,让它永远

沉 浮 庄则栋

乒乓球男队在研究技术战术。左起：王志良、李富荣、徐寅生、傅其芳、庄则栋

成为历史！

　　至于当年庄则栋与李富荣三次世界冠亚军单打决赛，如不让球胜负将如何，这是人们多年来议论的热门话题。庄则栋是名之固当的三连冠单打世界冠军，这是不争的事实。据行家们分析，第 26 届决赛时，庄则栋是中国男团主力，风头正盛，即使放开了打，他的胜数也较大。当然，真实的结局，只有等到最后一个球落地才见分晓。至于第 27 届和第 28 届，如果放开打，胜负就很难预料了。打第 28 届时，李富荣下场后曾对一位领导说："我魂都吓掉了，差点输不掉。如果真输不掉，还以为我不愿让、不服从组织决定呢……"可见，那时李富荣已具备赢庄则栋的实力。

永 远 关 机

圈内人对庄则栋至今闭口不提"让球"一事，颇有看法。我也从未从庄则栋口中听到"让球"一说。不过，庄则栋领奖时总说一句话，"我是代表集体来领奖的"。这句话至少表明了他的一种态度，不妨作此诠释吧！在中国乒乓球队，庄则栋有一个绰号，叫"装不懂"。其实，他聪明透顶，什么都懂，什么都明白。

乒乓外交的起因

一九七一年一月日本乒乓球協會會長後藤鉀二先生來華,請中國隊參加三月末至四月初在日本名古屋舉行的第三十一屆世乒賽。由於文化大革命,中國隊六七年卅一屆、六九年卅二屆都未參加,後藤鉀二先生認為沒有中國隊參加不能算世界性的比賽,七事件得到了毛主席的支持。毛主席批示:我隊應去,准備幾個人不死要好,要一不怕苦二不怕死。周總理根據主席的指示提出了友誼第一比賽第二的方針,把友誼擺在前面,就是把政治放在首位,這和過去總理給我們友誼重於比賽的指示更加突出了政治色彩。辛卯春

庄則棟書

男子乒乓球队获得团体赛冠军，教练傅其芳和运动员们高高举起斯韦思林杯向观众致意

傅其芳和他的冠军队员们。右起：容国团、庄则栋、王传耀、徐寅生、傅其芳、李富荣

国际乒联主席蒙塔古祝贺中国乒乓球男队获得冠军。捧奖杯的人是傅其芳

1973年9月1日，国际乒联主席伊万斯把圣勃莱特杯的复制品赠给庄则栋，以奖励他三次连续获得男子单打世界冠军

二、乒乓外交—"棋子"

谁都知道,庄则栋在中国的"乒乓外交"中是一位功臣。"乒乓外交"发生在1971年4月第31届世界乒乓球锦标赛期间,地点是日本的名古屋。

其时,庄则栋是中国乒乓球队的主力队员。我是中国乒乓球代表团的秘书,分管新闻、保安及礼品三项工作。代表团的秘书中,有一位分管外事的,是日后大名鼎鼎的中国外交部部长、国务委员唐家璇先生。

在讲述"乒乓外交"如何发生之前,要先说说当时的形势。

中国与美国的对抗已持续了二十余年,日本的右翼势力十分猖獗,中国尚处于"文化大革命"的滚滚热潮中。西方视我国为"红色铁幕"。我们与西方处于"冷战"中。但中美都有意结束这种"冷战",正在寻找突破困境的机会。

从1965年第28届世乒赛之后,我国已有两届未参加比赛,是否参加1971年3月28日至4月8日在日本举行的第31届世乒赛,在慎重考虑之中。

当时日本当政的佐藤荣作政府虽然与我国政府作对,但日本友好人士却迫切希望中国乒乓球队能参加这次乒坛盛会。日本乒乓球队已称雄世界乒坛

2006年，为庆祝中美乒乓外交35周年，美国乒乓球代表团成员向大家展示当年庄则栋与科恩交往的杂志和图片

多年，如果实力强大的中国队缺席，那么他们的冠军含金量就会少了许多。日本乒协主席、爱知工业大学校长后藤钾二先生为了诚邀中国参加在他故乡举办的这次盛会，为了抵制台湾当局，不惜辞去亚乒联主席职务。中国乒协与日本乒协已签署会议纪要。2月2日，《人民日报》已登出中国队将参加名古屋乒乓球国际大赛的消息。由于中国队参加大赛，日本的电视转播费涨了三倍。

当时，国家体委处于军事管制之中。我刚从山西"卫东五七干校"劳动归来，军管会的军代表找我谈话："组织上决定派你参加第31届世乒赛，职务是代表团秘书。"

自然，这是一件让人高兴的事。"文化大革命"对体育工作是一个空前的大破坏。1968年5月12日，是中国体育界的一个灾难日。这一天，一道所谓的"5·12"命令，从中央下达到国家体委。命令写道：

国家体育运动委员会（包括国防体育俱乐部）系统，是党内头号走资本主义道路当权派伙同反革命修正主义分子贺龙、刘仁、荣高棠，完全按照苏联的办法炮制起来的，钻进了不少坏人，成了独立王国。为了彻底揭开体育系统阶级斗争的盖子，把坏人揪出来，特决定全国体育系统全部由中国人民解放军实行军事接管。

此令一发，一切黑白全颠倒了，一切是非全混淆了，体育战线笼罩在浓重的"红色恐怖"之中。

我作为体育系统的普通一员，对这道"5·12"命令，真是百思不得其解。

但它是以中共中央的名义下达的，不解又奈何！

　　谁人不知，共和国成立以后，是毛泽东主席把贺龙元帅从西南调回北京担任国务院副总理，坐镇国家体委。酷爱体育的贺龙元帅，调兵遣将，组建了一个强大的领导班子，以拓荒者的精神，开拓了这方体育领地。在毛主席的题词"发展体育运动，增强人民体质"的感召下，群众体育运动蓬勃发展，竞技体育频频突破。陈镜开八破世界举重纪录。郑凤荣跃过一米七七，打破了女子世界跳高纪录，成为新中国体坛的一只"报春燕子"。容国团以"人生难得几回搏"的英雄气概捧回了第一个世界乒乓球男子单打冠军奖杯。傅其芳、姜永宁、王传耀、徐寅生、庄则栋、李富荣、邱钟惠、张燮林、孙梅英、林慧卿、郑敏之等乒乓群英，使中国乒乓球称雄世界，开创了"乒乓球运动的春天"。

　　在"文革"前夕举办的第二届全国运动会上，就有二十四名选手十次打破九项世界纪录。洋人强加给我们的"东亚病夫"的帽子，被抛进了太平洋。贺老总眼看中国的小球上去了，而篮、排、足三大球尚处于落后状态，心急如焚，发出了"三大球不翻身死不瞑目"的感人誓言。

　　1960年，我从上海华东师大毕业后便到《体育报》当记者。我亲眼见证了新中国体育的辉煌。当年的体育界，真是令人向往。一旦有重大赛事，有重大出访任务，贺龙元帅不仅亲自过问，还下队与运动员聊天，对运动员关怀备至。而且，他总要把陈毅元帅请来作动员、讲外交、讲形势，给运动员们鼓劲打气。"艺高人胆大，胆大艺愈高"便是陈毅元帅提出来激励出征运动员们的一句名言。给我印象最深的一次讲话，是在"文革"期间运动员出征前所做的动员报告。当时陈老总已被"火烧"，但他顶着巨大的压力侃侃而谈。他先念"毛主席语录"："毛主席教导我们说，陈毅是个好同志。"其幽默、机智令人扼腕。他说："有人要给我戴高帽子，我不怕。我就戴着高帽子去见外宾……"又说，"红卫兵娃娃懂什么，工农兵还没有起来呢！"他说，他陈毅是外交部部长、是诗人。他更喜欢"诗人"这个头衔，喜欢人家称他为"诗人陈毅"。他充分肯定体育战线的成绩，认为体育战线是红线主导。

铁骨铮铮的陈毅元帅！他的激情讲话，深深地影响了我对"文革"的认识和态度。

我还有多次机会见到贺龙元帅。我从小就听说过他两把菜刀闹革命的传奇。他参加革命前曾经闯荡江湖，当过土匪，贩过烟土，历尽艰险。1927年，他参加南昌起义，投身革命，驰骋疆场，为建立新中国立下不朽功勋。但每当回顾自己的一生时，他总忘不掉那段特殊的经历。对这位有传奇经历的元帅我充满好奇和崇拜。他对运动员很亲切，讲话也很坦诚。有一回，他到乒乓球队四楼住地，与大家见面。他从自己当年的经历说起，又说到自己和运动员的婚恋，无所不谈。这是我头一回近距离地见到这位传奇伟人。回到报社，同事们问我，"贺老总说些什么？"我守口如瓶，不敢重复贺老总自己说的那些事。后来仔细想想，贺老总不忌谈自己的过去，坦诚得可爱可敬，这才是一个伟人的人品！

还有一回，在工人体育场接见乒乓球运动员和球队领导。那天，贺老总用严厉的口气，批评了一位领导，当着那么多人，一点面子也不给他留。他指着那位领导说："你不要出国来劲，平时装病……"这让我领教了贺老总威严的一面。

据熟悉贺老总脾性的同志说："贺老总对运动员、对群众向来都亲切，但对领导干部却特别严厉。"我刚入道体育记者时，还耳闻一个有关贺老总指挥比赛的传闻。我国女篮跟苏联女篮比赛时，我队总看不住对方队员。坐在主席台上观战的贺老总急了，让派一名共产党员队员上场，看死对手。但那位换上场的党员队员，还是看不住对手。情急之下，她抓住对手的发辫犯了规……这个传闻，传得很广，我一直未作核实。但这个传闻，至少反映出贺老总这位身经百战的元帅盼望中国队取胜的迫切心情。

"三大球不翻身死不瞑目"的誓言，还在中国上空回响，史无前例的"文化大革命"爆发了。贺龙元帅遭到林彪一伙的诬陷，强加给他"二月兵变"的罪行，囚禁西山。据说，在被囚禁的日子里，贺龙总写一个字——冤！一个铁骨铮铮的元帅，被林彪反革命集团和"四人帮"活活迫害而死。而作为贺龙的得力干将，主持国家体委日常工作的荣高棠，"文革"一开始便被揪了出来，以"叛徒"的罪名，送进监牢，含冤八载。进牢房之前，他遭受残酷的批斗。有一回我值班，荣高棠被批斗回来，已是深夜。他见我值班，便说："打翻在地，踩上脚，喘不过气来。"我将这段话记入值班日记，用意是期盼"文斗"。

  作为一个群众，只想起一点点提示作用。在那种岁月里，不说你与"叛徒"、"走资派"划不清界限就万幸了。

"5·12"命令下达后，以曹诚为主任的军管会进驻体委，奉命"砸烂刘贺独立王国"，大揪坏人，举目皆是"叛徒"、"特务"，弄得人人自危，体育事业遭受空前大破坏。在我的接触中，军管会的军人们都是好人，但他们皆是不折不扣地服从命令，是"5·12"命令的忠实执行者。

1969年11月，军管会乘贯彻林彪的"一号号令"之机，把"刘贺独立王国"的公民数百人，统统赶到山西屯留劳动改造，接受再教育。我所在的单位《体育报》是"刘贺独立王国"的喉舌，被勒令停刊。我们这些编辑、记者们也统统下放，以部队连排编制，成年累月"战天斗地"。刚刚落成的一所滑翔学校，改名为"卫东五七干校"。机场成为农田，种上了水稻、玉米、高粱。为了积肥，区区一个长治钢铁厂的厕所，守护着三个十一级的司局级干部。看守干校后门的是一位著名的体育教授。声名显赫的原国家体委副主任李梦华当了猪倌。另一个副主任黄中，却成了一个牧牛人。像我这样的人，都作为"修正主义苗子"在这荒野里"脱胎换骨"。一座座象征着荣誉的奖杯，都被视为修正主义的罪证。

　　1970年，在周恩来总理的关怀下，乒乓球队虽然恢复了训练，但出访前，也要先到"五七干校"接受"再教育"。从北京拉乒乓球台到山西屯留，在一间空荡荡的机库里训练。没有挡板，队员们自己去砍高粱秆编织挡板，还念语录"早请示，晚汇报"。如今想想实在是荒唐透顶的事。

　　去日本参加世乒赛，成为万马齐喑的体育界的一道希望的曙光。人们盼望中国体育的复苏。代表团整装待发。

　　3月15日夜十一点多，突然有人敲我家的门，未等开门，就大声通知："赶快到南三楼集合！"

　　半夜三更会有什么要紧的事呢？我一边快步奔向北京体育馆南三楼会议室，一边思索。不一会儿，代表团全体成员都到齐了。外交部副部长韩念龙、解放军副总参谋长王新亭、外交部亚洲司司长刘春、国家体委军管会主任曹诚等都来到会场。

韩念龙讲了关于一周来准备参加第31届世乒赛出现的新情况后说,我已吃了安眠药,准备休息,周总理来电话把我叫到人民大会堂,商量去不去参加第31届世乒赛的事。周总理说:"我们究竟参加不参加第31届乒乓球锦标赛?如果去了,是不是不突出政治?"周总理叫我们来问一问大家,让大家讨论一下。

大家感到很突然,不是一切都已经决定了吗?再过两天就要启程了,怎么又要讨论呢?周总理还问去了是不是不突出政治,可能周总理碰到什么难题了?会场上沉默了好大一阵。

庄则栋打破了沉静,率先发言。他认为,如果从政治角度来考虑,我们还是不参加为好。

大多数人赞成庄则栋的想法。尽管他们都渴望参赛,他们都非常珍惜自己的运动生命。对一些运动员来说,错过这次机会,就意味着运动生命的结束。但"文化大革命"已经把大家变得政治上十分敏感。既然周总理都问去参加是否就不突出政治,那就不去参加算了。

鲁明荣这位从部队转业的领队,意见与大多数人相反。他说:"我认为应该去参加比赛。我们是应该考虑政治问题,但我们是搞体育的,不能把体育当成政治,体育与政治毕竟有区别。我主张去名古屋比赛。"中国乒乓球协会代主席宋中也力主参赛,他说:"这是已经定下来的事情,和日本乒协、国际乒联说好了要去,还签订了纪要,是我在纪要上签的字。如今墨迹未干,怎么能又不去了呢?岂不失信于人?中国不能干这样的事情。"徐寅生抿得紧紧的嘴也张开了,他支持去的意见。

多数主张不去,少数主张去,还有人提出去但不参赛,也有人说还是由中央定吧，定了去就去，定了不去就不去。

会议开到凌晨三点多，大家都感到饥肠辘辘了，有人就提议让训练局食堂给弄碗面条吃。于是，在春寒料峭中，大家默默地向训练局大楼走去。

刚落座，周总理的秘书来电话催问讨论结果，后来周总理又亲自在电话里催问，并让立即去人民大会堂当面汇报。

周总理听了讨论的结果，又问了在座的几位领导的个人意见之后，他拿起中日乒协签订的会议纪要，说："在我们派代表队参加第31届乒乓球比赛的问题上，后藤钾二是实现他的诺言的，我们怎么能不守信用呢？"

"主战派"宋中听了周总理的话，心里踏实了许多，他向周总理报告，由于我们决定参赛，已经使日本电视台的转播费提高了三倍。

周总理说："所以说，左右权衡，我们还是应该参加……"他走到办公桌前，拿起一支铅笔，说："只有下这个决心了，我现在就写报告请示主席。"

韩念龙、王新亭、曹诚、宋中走出人民大会堂时，天已经亮了。周总理连续工作了一夜之后，依然不能休息，又埋首灯下，亲自奋笔疾书。

周总理给毛主席的请示信，全文一千五百多字。[①]

主席：

原来从争取日本中间分子、多做日本群众工作出发，我们仿效原来国际比赛惯例，答应日本中间分子和日本左派参加第31届世界乒乓球比赛，准备在遇到朗诺西贡两集团和以色列球队避而不赛。

---

① 周总理的请示信，录自历史档案。

因而日本乒协会长后藤钾二特地来北京与我乒联协议支持我反对"两个中国"、争取恢复中日邦交、促进中日友好的政治三原则，亲往新加坡向亚乒联盟提议开除蒋帮参加权未成，便立即辞职回日本积极筹备三月到四月在名古屋的国际比赛，并协助左派筹备欢迎我队参加，兼实行六个城市的友谊比赛。日本群众得悉热烈欢迎，争购国际比赛观赛券。除去优待券外，已销售一空。左派组织五百多人保护我球队，各左派团体争先恐后要求参加。右派也派人到名古屋企图挑衅。日本政府极为头痛，除签发入境证外，并派大批警察护卫我球队预先订住的旅馆。这成为一次严重的国际斗争，也是我向日本反动派的一次动员日本群众发展中日友好的示威。

正值我先遣队即将出发之时，柬埔寨王国政府向我国提出不承认朗诺卖国集团有权派队去名古屋参加乒乓球比赛，提议驱逐他们。虽然这些球队成员都是我国为西哈努克亲王训练的，现已为朗诺集团所控制。我方当立即同意，并面告西哈努克亲王。邀约朝方组队参赛，并派人来京面商。到日本后支持柬民族团结政府，不承认朗诺集团的球队为合法，并主张驱逐，西表示同意，并对南越卖国集团所派队亦采取同一态度，对以色列也询问阿联酋、叙利亚的态度，如不成，就避开与他们比赛。

大前晚（12日）朝方回答，与其去不同他们（朗、阮、以三方）比赛，还不如不去，于是我们作各种考虑。昨（14日）朝副外相同朝体委副主任到京，也谈体育服从政治，去而不与柬、越两伪派出的球队比赛，（因弃权而）输了，还不如不去，因输了会影响朝侨在日情绪，其理由为男队第一把手朴信一，一上去就遇到朗诺球队，而其他四人如果西方队故意使坏，让给朗、阮、以色列与他们取得对阵机会，他们有输了使南朝鲜胜了的可能。果如此，那我们将和朝鲜一样。不过我们去参加国际比赛，就提出友谊第一，比赛第二。败了也不要紧，反正政治上占了上风。但我们对朝鲜应该予以谅解和同情。因为他们只去男队五人。在1967年第29届世界乒乓球比赛时，朝鲜取得团体赛亚军。而1969年第30届朝鲜和我们都未去，南朝鲜男子团体赛取得第四名，女子团体赛取得第六名，这次去而避开朗、阮、以色列三个球队，存在被日本、南朝鲜占上风的危险，而朝侨情绪一时也不易说服。

因此，昨夜我和外交部、体育局和中国乒乓球队一起开了三个会，觉得我们支持柬埔寨和越南提议驱逐朗、阮两球队是正义的，中朝可一致行动。如果通不过，就如柬在联合国支持我驱蒋一样，虽通不过，但也可震动体育界和日本人民，这也与后藤提议驱蒋不成也能伸张正义一样。至于参加比赛，我回避弃权既照顾了日本后藤、英国艾文斯主席（均反对蒋帮参加），又支持了柬和越南。更主要的是不使日本广大群众失望，国际比赛后还可进行友谊比赛。而朝方支持驱朗和阮球队后仍进行比赛（昨晚已有朝方电话指出，附上），也可同意。这也是照顾，如柬在联合国支持我驱蒋不成后，仍同蒋帮一起开会，并不能说明柬不支持我的正义斗争。况且体育比赛，究竟还是群众性运动，与政治开会仍有一些区别，这点是可以说服西哈努克亲王及其左右的。

兹事体关系几个国家，故不拟详报一切。又因朝鲜副外相急于知道我方请示意见，今日要赶回去报告，故急于报告主席，请予以考虑批示。

如有错误，也请指出。

周恩来
一九七一年三月十五日十一时

又及

我球队如去，当作好各种警戒准备。

毛主席当日就作了批示：

照办。我队应去，并准备死几个人，不死更好。要一不怕苦，二不怕死。

听了传达，代表团上下都欢欣鼓舞，心定了。但毛主席的批示又使代表团成员有一种奔赴战场的庄严。我把准备去日本作牺牲的打算告诉了妻子，心情是既兴奋又沉重。在当时，毛主席的话是"一句顶一万句"的，是"最高指示"。既然毛主席说"并准备死几个人"，那形势就非同一般，必须有为祖国为人民献身的准备。

3月16日晚十时，周总理在人民大会堂接见代表团全体人员，为代表团送行。周总理作了长篇讲话，分析了当时复杂的国际形势和日本的形势，分析了我国与朝鲜、柬埔寨的关系，讲哲学，讲辩证法，讲"友谊第一，比赛第二"……

周总理与代表团的每一位成员握手送别。当周总理握着我的手时，问："你担任什么职务？"我说："秘书。"周总理说："如果发生问题，你们工作人员要站到第一线。"

周总理说，你们要把困难估计够，会碰到困难的，但有了风险也不一定死。应该勇敢时就勇敢，应该沉着时就沉着。要争取全部回来、胜利回来。

庄则栋念了写给毛主席的"决心书"。刚念了个开头，"最最敬爱的伟大领袖毛主席……"周总理就打断了他的话说："不要这样提，毛主席反对这样做。为什么要加两个'最'呀？那么多'最最最'，主席一看就火了。我看你们就没有打破这个框框。形式主义多，实际的东西少，反而把自己搞得水平不高。这不是毛主席要求的作风。"

庄则栋接着又念下去："一球一板都和祖国的荣誉相连，坚决做到'友谊第一，比赛第二'，从我们身上看到经历过无产阶级文化大革命锻炼的一代人的崭新精神面貌。……独有英雄驱虎豹，更无豪杰怕熊罴。想到党和人民，就浑身是胆雄赳赳，明知山有虎，偏向虎山行。为了世界革命事业，我们豁出命来干。下定决心，不怕牺牲，排除万难，去争取胜利。中国乒乓球队，1971年3月16日。"

听完这份"决心书"，周总理说，你们的心是诚的，信心也是坚定的，但信的水平不高，尽用的是"文化大革命"初期的语言。信由我来给你们改一改好不好？你们的心我了解，但要用朴素的语言写。

从这份决心书，周总理又说到代表团出国前的准备工作。他说，运动员带不带《毛主席语录》和毛主席像章，研究了没有？下飞机时，《毛主席语录》就不要拿了。毛主席像章太大的也不要带，小的可以带。人家要就给，但不要强加于人。

在极"左"思潮泛滥成灾、全国一片红海洋的岁月里，周总理的这些话，犹如扑面而来的一股清风。走出人民大会堂，我还在品味着周总理说的这番令人难忘的话。

接见结束时，已是3月17日凌晨一点半。回到家已是凌晨两点多钟。而五点四十五分就要集合去机场。睡了不到三个小时，心却一直沉浸在激奋之中。

我们经过广州，转道香港，然后于3月21日中午时分乘德航波音707飞机和加拿大太平洋航空公司的三叉戟喷气飞机奔赴东京。

分乘两架飞机，也是周总理精心安排的。代表团六十人，如乘一架飞机，万一出现问题，那后果就不堪设想。德航和加航的政治敏感性都是很强的，他们对来自封闭的中国大陆的这批客人特别重视，提出了三条保证：一、行李超重不加收费用；二、万一飞机出故障，绝不在台湾降落，而是飞往上海或香港降落；三、由公司负责人押机。他们千方百计揽下这笔生意，因为他们已经预感到中国国门一旦敞开，那将是一笔大买卖。

我乘坐的是德航707飞机，3月21日中午一点五十分从香港启德机场起飞，一个小时之后，飞临台北上空。

"现在飞临台北上空！"飞机上传来空姐的声音。

万里无云，九千米之下的山峦、海岸、海上的船只，清晰在目。几位运动员感叹地说："将来台湾回归祖国之后，我们乒乓球队要捷足先登去给台湾同胞打表演赛。"

下午五点五十分，飞抵东京羽田机场。上千人前来欢迎，前来保安的日本警察就有四百多人。一出机场，代表团就被围得水泄不通。记者挤掉了相机、挤丢了鞋。大家好不容易挤出欢迎的人群，坐上大巴车，向廖承志贸

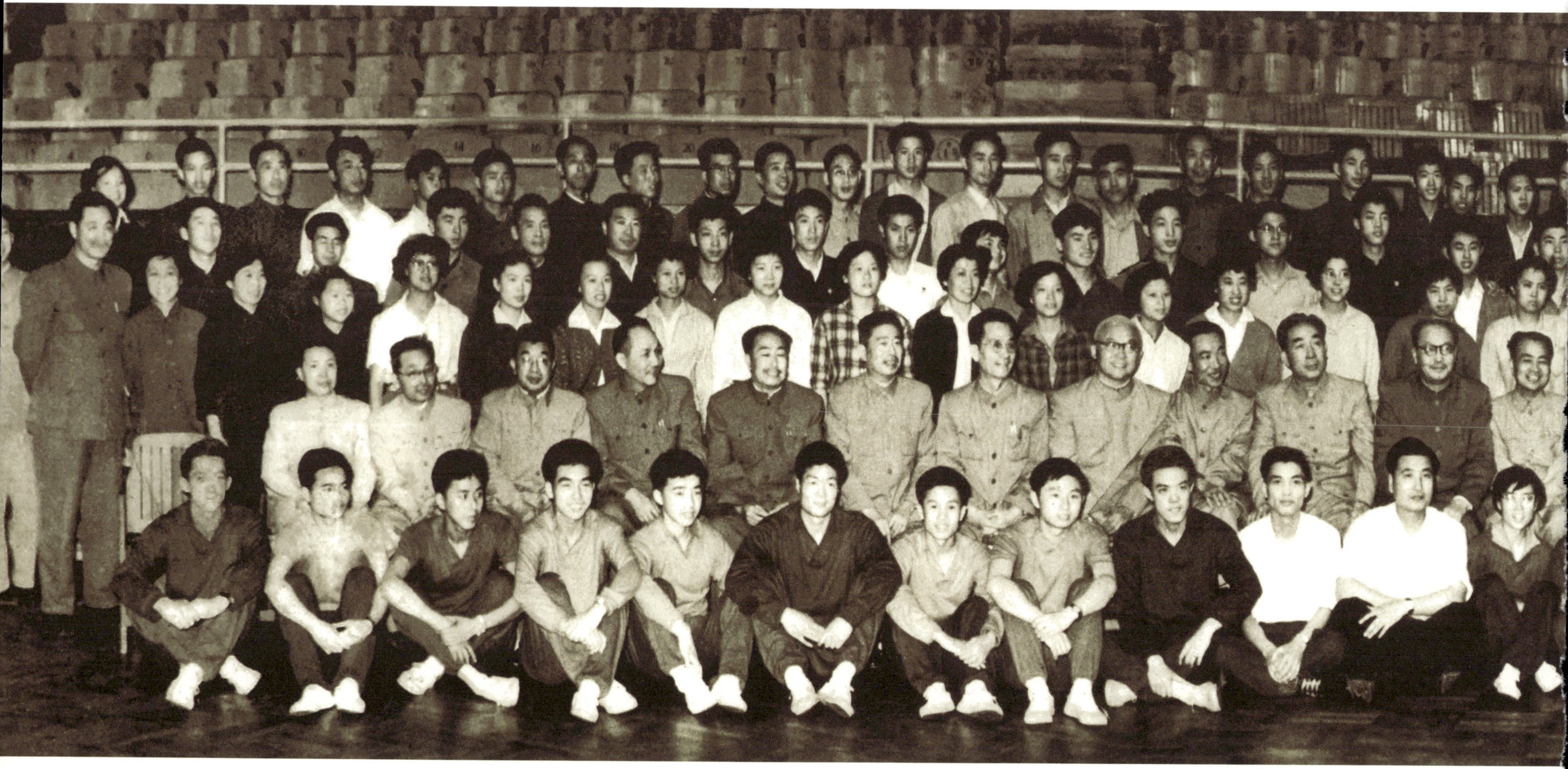

"一百零八将",是为备战1960年第26届世乒赛,从全国调来集训的优秀选手

二十世纪六十年代，中国乒乓球代表团强将如林，引人注目

1971年日本报纸上刊登的中国乒乓球代表团名单。徐世成即是本书作者鲁光

易办事处飞奔而去。

当年中日尚未建交，没有大使馆。廖承志贸易办事处是可以落脚的"家"。

当天晚上的日本电视台就报道了中国代表团抵达日本的盛况。第二天，有的报纸刊登报道，他们发现了王晓云、田家农、王效贤、唐家璇等几位与乒乓球不相干的中国的日本问题专家。他们猜疑中国乒乓球队负有特殊的使命……

日本各界朋友盛情欢迎中国代表团。3月22日晚在东京举行了欢迎中国乒乓球代表团暨日中文化交流协会创立十五周年纪念大会。理事长中岛健藏发表了热情洋溢而又深刻的演讲。他说，日中文化交流协会始终坚定不渝地从事日中友好交流工作，不管出现什么乌云和变化，都不会动摇。他说，日中尚未恢复邦交，我们不能光高兴、光恭喜，我们要让决心付诸行动，为日中两国邦交早日正常化而努力奋斗。代表团领导将郭沫若手书的卷轴送给了中岛健藏。郭沫若诗曰：

漫天飞雪迓春回，
岭上梅花映日开，
一自高丘传号角，
千红万紫进军来。

这首诗把中日友好的气氛烘托到最高潮。

到达名古屋后，我们一行六十人住进了一家不太大的旅馆——藤久观光旅馆。放下行装，推门一看，门外长廊上隔几步就坐着一位全副武装的日本警察。团长赵正洪身边有八个保安，四个日本警察，四个华侨。联想到毛主席的话，"并准备死几个人，不死更好。要一不怕苦，二不怕死"，真有如临大敌之感。连日来，日本右翼分子和来自台湾的反共分子不时在旅馆外面游行，高喊口号，进行骚扰。在体育馆广场，还丢了"嗞嗞"冒烟的炸弹。有几位华侨，主动向我报告安全方面的信息。我了解到，为了防止右翼分子的捣乱，爱知县警察总部在中国代表团下榻的旅馆周围布置了大量警察。警力不够，还从邻县借调力量。日本警视厅特地从东京派出专员到名古屋坐镇指挥，还调兵遣将来名古屋执行临时性的安保任务。据接待我们的村岗久平讲，"这是爱知县警察总部成立以来最大的警戒行动"。在团体赛中，中日平分秋色。中国女队以一比三败北，而中国男队却以五比二战胜日本男队。这个结局，使中日双方皆大欢喜。4月2日休战，去日本的三重半岛游览观光。在三重县熊山饭店，王晓云发表声明，单项比赛第三轮和第二轮，中国选手庄则栋和林美群将与柬埔寨朗诺集团和南越西贡集团的选手相遇，中国选手决定弃权。庄则栋曾三次蝉联世界男子单打冠军，他的弃权引起强烈的反响，这表明中国选手一切从政治着眼的明确态度。

我与一位年轻的英语翻译同屋，他与我同乡，还能说点知心话。一连几天晚上他都睡不安宁，他忧心忡忡地说："你们都看见了，代表团的领导也肯定看见了，这下我可完了，以后再也别想出来了。"我明白他说的是什么。有一位特扎眼的美国女记者，一天换一身服饰，从发带到衣裤、鞋袜，今天一身红，明天一身绿，后天一身白，满场跑，而且每天都从背后搂抱我的这位同屋翻译。

"她每天搂你干什么呀？"我不禁好奇地问。

"就是一句话，'请你帮帮忙，我想访问中国'。"同屋翻译说。

中美关系，在当时是一个很敏感的政治问题。在我们出国之前，在一份关于参加第31届世乒赛的请示报告中就专门有一段如何处理与美国队交往的内容。"如与美国代表团官员相遇时，不主动交谈和寒暄；如果和美国队进行比赛，赛前不交换队旗，但可以握手致意。"这个请示报告，是经过毛主席圈阅过的。

到了日本之后，3月30日，中国乒协代主席宋中在国际乒联执委会大会上，强烈谴责在美国支持下柬埔寨的金边傀儡集团派代表参加本届比赛。但没想到，休息时宋中恰好与美国代表团团长斯廷霍文坐到一张桌子前，而且斯廷霍文主动与宋中聊天，并向宋中透露3月15日美国已宣布取消对持美国护照去中华人民共和国旅行的限制。无独有偶，散会之后，宋中又与斯廷霍文和美国乒协国际部主任哈里森走到了一起。斯廷霍文又主动搭讪，他听说中国已邀请南斯拉夫乒乓球队赛后访问中国，说如果有机会，美国队可以到中国参加比赛。

"外事无小事。"当夜，宋中就向团临时党委做了汇报。在座者都感到事关重大。很明显，这是美国代表团在放风，他们想要访问中国。

当夜，代表团向北京做了报告，迫切希望得到国内的指示。原来规定名古屋与北京每天通话三次，自从出现中美关系的信息后，国内要求每天通话增加到五次。据传，这个要求来自中央最高层。

从名古屋不断传递给北京这样的信息：美国乒乓球队要求访华。可是，北京却一直未予回答。

一天，庄则栋从我手里领走一块杭州织锦——黄山风光。他说，万一有谁送礼给他，也好回送人家。

事情也凑巧，庄则栋他们4月4日上午从练习馆坐车去比赛馆时，突然上来一位长头发的美国运动员。他叫科恩。科恩为了与梁戈亮练一会儿球，耽误了自己的座车，无意中搭上了中国队的座车。见一位美国运动员上了车，满车的中国运动员都不禁有些好奇，但谁也没有说话。科恩见大家沉默不语，有些尴尬、不安，就脸朝外站在车门口，他的运动衣背后印有"U.S.A"的字样。庄则栋觉得不应该淡漠了人家，于是就主动从后座站起来，叫上翻译，向科恩走了过去。

同伴急忙轻声劝阻他："别去，别惹事！"

庄则栋一边说"我和他打个招呼，问声好"，一边径自走向科恩。

"你好！欢迎你乘我们的车去体育馆。"庄则栋客气地说。

科恩转过身，说："谢谢！"

"你叫什么名字？"庄则栋问。

"科恩。"留着长发的美国青年回答。

……

"虽然美国政府对中国不友好，但美国人民是中国人民的朋友。为了表示中国运动员对美国运动员的友谊，我送你一幅织锦作纪念。"庄则栋将织锦送给了科恩。

翻译向科恩介绍道："送你礼物的是世界冠军庄则栋先生。"

"我知道。"科恩接过礼物，兴奋地说，"谢谢！"还竖起大拇指说，"中国乒乓球队是世界上最好的球队，祝你们继续取得好成绩！"

车到了体育馆，许多记者看见科恩和庄则栋一起下车，急忙举起相机拍下了中美两位运动员握手的照片。有的记者还从他们身后拍摄了印有"U·S·A"和"中国"字样的背影。

第二天，日本的所有报纸几乎占据大半个版面刊登了庄则栋与科恩握手的照片。图片的文字说明是：想不到中美会在此解冻！

敏感的记者！敏感的媒体！他们透过这平凡而短暂的瞬间，看到了中美两国接近的大背景。

这幅照片，在中美关系突破的历史上，无疑是重要的迹象。但代表团内

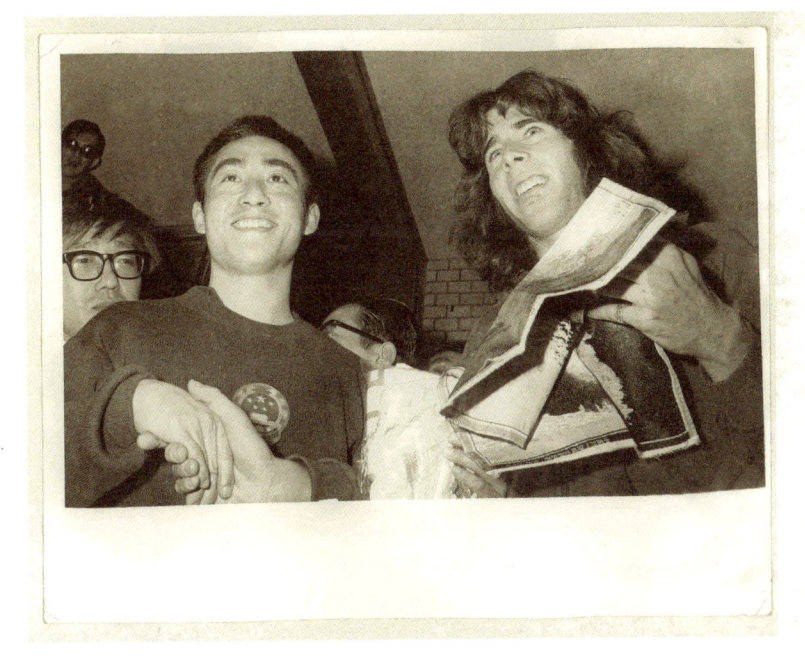

一九七一年四月我和美国运动员科恩在日本名古屋交了朋友，这一偶然的事件变成了中美两国人民交往的进程。

一九七一年四月在日本名古屋体育馆内我动接和美国运动员科恩交换礼物，以两使中断了二十二年的中美关系开始复合，这就是轰动世界的"乒乓外交"。

庄则栋与美国乒乓球运动员科恩的巧遇，演绎出了"乒乓外交"

部对日本报纸大肆宣传此事却忧心忡忡,不知道它会给代表团带来什么后果。

一天晚上,庄则栋跑到我的屋里,开门见山就说:"坏了,以后我别想再出国打球了!"

"怎么啦?"我见他愁容满面,不禁问道。

"你知道的,我的身世复杂,还有亲属在台湾呢!刚才团领导找我谈话了,说我把事情闹大了。批评我怎么给科恩送礼物,叫我以后不要跟美国运动员照相了,到此为止,不要再发展。"

他的担忧是正常的。在"文化大革命"中,有多少人因与外国人有联系,被扣上了"特务"、"里通外国"的帽子,遭批斗。凡经历过这场政治运动的人,谁不会心有余悸呀!

我知道,庄则栋出生在一个极其复杂的家庭。他的父亲庄锡深,是英籍犹太商人哈同的女婿。不过,庄则栋不是哈同义女罗馥贞所生,是"顶门婚"结的果,是父亲与保姆雷仲如所生之子。庄的同父异母的兄妹,有的一直生活在台湾。

"不过,我想不通。毛主席在'老三篇'中不是说过嘛,要把美国政府中决定政策的人和下面普通工作人员相区别。我没有违背毛泽东思想呀!"

我觉得庄则栋的话说得很在理,就说:"是呀,跟运动员接触不会有问题的呀!"但我也深知,当时的中美关系是一个敏感的"雷区",没有中央的命令,谁敢去碰、去触呀!团领导也不例外。

没有想到,4月5日,科恩又在比赛场寻找庄则栋。看到庄则栋往场子里走,就跑过去一把拉住他,边走还边挥着那幅印有黄山风景的织锦。他把庄则栋拉到场边,拿出一件别着美国乒协纪念章的短袖运动衫送给庄则栋作纪念。

1971年4月，鲁光与庄则栋留影于日本名古屋藤久观光旅馆庭院

早就盯着科恩的记者们蜂拥而上，又是拍照又是采访。庄则栋虽然受到团领导的告诫，但在这种场合也就由不得他了。他和科恩又一次成了日本报纸、电视的热点新闻，又是登照片，又是发文章。

这天下午，宋中当选为国际乒联执委。人们纷纷向这位中国乒协代主席表示祝贺，而第一个向宋中表示祝贺的居然是美国乒协国际部主任哈里森。

当天晚上，代表团又将美国代表团的祝贺电告国内。但是，国内依然没有新的指示。

4月6日，当我回藤久观光旅馆吃晚餐时，一位秘书悄声告诉我，下午四点三十分，国内来了指示，指示的内容是："……可以告诉美国队，现在访华的时机还不成熟，相信今后会有机会。可留下他们的通讯地址。但对其首席代表在直接接触中应表明，我们坚决反对'两个中国'、'一中一台'的阴谋活动。"

在藤久观光旅馆，说话都是悄声的。据日方朋友告知，到处都是窃听器。有一天，一位日本记者就告诉我，你们昨晚团里开会的内容外面都知道了。我们开会时，已考虑到窃听的因素，开着录音机，录

1971年4月，鲁光在日本名古屋见证了"乒乓外交"

音机里唱着"革命样板戏",音量开得大大的,说话轻轻的,怎么还能被窃听呢?那位日本记者说:"没有用的,其他声音是可以洗掉的。现在窃听技术已不必在屋里安装窃听器了,相距几百米,只要窃听器对着旅馆的玻璃就可以听得一清二楚了。"我在团里是分管新闻的秘书,天天与记者打交道。在日本期间,尤其是这些天来,无论代表团到哪里参观访问或者练习比赛,身后总会跟着几十名记者。有一天,一位紧紧跟随我的记者问:"先生,是不是特别烦我们呀?"

"不,欢迎你们跟我们一道活动。"我只能如此客气地回答。说实在的,跟随我们团的记者真是太多了,有时我们的车只有几辆,后面跟着的小车就有几十辆。

日本松山芭蕾舞团团长清水正夫看望中国乒乓球代表团。左起:郑敏之、梁友能、李富荣、清水正夫、徐寅生、鲁光

乒乓外交—"棋子"

"先生，您知道我们为什么要紧跟中国代表团吗？"日本记者问。

我故作不知，摇摇头。

"因为中国代表团要么不发生新闻，一旦发生新闻，很可能就是轰动世界的大新闻。如果一旦漏掉了这种大新闻，我们的饭碗就会被砸掉的。如抓住了这种大新闻，我们就会得到嘉奖……"这位日本记者说的是实情。我本人也是记者出身，很能理解日本同行们的心情。

4月7日是最后一天比赛，8日代表团就将各奔东西了。看来，美国乒乓球代表团访问中国的愿望这次是无法实现了。

4月7日上午，代表团在藤久观光旅馆的庭院里举行亚、非、拉乒乓球运动员游园联欢会。一大早，我们就到院子里布置会场。4月，正是日本樱花盛开的季节。庭院里有几棵古老的樱花树，粉红色的花朵压满枝头。白色的圆桌上摆满了我们从国内带来的糖果和中华牌香烟，当然还有国酒贵州茅台。按说团长赵正洪、副团长宋中是联欢会的主人，可是他们都临时有事被叫走了。

在藤久观光旅馆的团长屋子里，赵正洪与宋中正在阅读国内电话指示记录：

关于美国乒乓球队要求访华一事，考虑到该队多次提出要求，表现热情友好，现决定同意邀请美国乒乓球队包括负责人在内来我国进行访问。

可在香港办理入境手续，旅费不足，可补助。请将办理情况、该队来华人数、动身时间等及时报回。

只隔一天，情况就发生了根本的变化。昨天还是"时机还不成熟"，今天却已同意立即邀请。团长赵正洪看了两遍电话指示记录，对宋中说："时间已经很紧了，我怕美国队明天就要走。你马上去找美国队吧！"

宋中不敢耽误，带着翻译王家栋，就急匆匆地奔往美国队下榻的旅馆。

无巧不成书，当宋中的座车在美国队下榻的旅馆前停下来时，美国乒协国际部主任哈里森正举手招呼出租车。

宋中提着的心总算落了下来，他急忙过去与哈里森打招呼，

日本老运动员松崎君代请庄则栋留言

乒乓外交—"棋子"

问:"斯廷霍文先生在吗?"

哈里森说:"他不在。"

宋中马上又说:"我是来找你的。"

哈里森感到有些突然,说:"找我?"

在旅馆的休息厅里,宋中直截了当地向哈里森发出邀请:"我代表中国乒乓球代表团正式邀请美国乒乓球队访问中国。"

美国已预定第二天(4月8日)离日返美,但听到这个消息,哈里森还是很惊喜。不过此事毕竟来得太突然,他得向团长斯廷霍文报告。

游园联欢会散了之后,我回旅馆午餐时,一位同事悄声说:"邀请美国队访华!"边说边跷起大拇指,脸上露出了自信的笑容。那含意很明白,这是毛主席的决策。当然,这是凭经验猜测的。事实证明这个猜测是正确的。当外交部和国家体委多次从名古屋获悉美国乒乓球队、美国记者想来中国访问的信息之后,经过认真研究,写了请示报告。报告认为,邀请美国乒乓球队访华时机尚不成熟。这份报告,送交周总理,经周总理批阅。周总理在文件的上端写了三个字"拟同意"。但他没把报告批下去,而是很谨慎地将报告呈送给了毛主席,请求指示。

毛主席画了一个圈,文件就传到外交部。因为还有一天,比赛就结束了,所以,4月6日国内就将不邀请美国队的指示电告了名古屋中国代表团。但文件送走之后,毛主席脑子里还一直在想这件事。入睡前,他翻看《参考消息》,当他看到庄则栋与科恩交往的那条消息时,有了一个新的想法,决定邀请美国乒乓球队访华。毛主席叫护士长吴旭君马上去外交部取回批件。可是,当时有一个规定,即毛主席吃了安眠药后说的话都不作数。这是在毛主席身边工作的人都知道的。毛主席说完后就睡觉了。吴旭君不敢去外交部取回批件。毛主席睡醒后，见吴旭君站着未动，就问，怎么不去取文件呀？吴旭君说了有关规定。毛主席说："我清醒着呢，快去取回来。"毛主席最后决定，马上电告名古屋。

4月7日夜，周总理提笔写道："遵照主席指示，改正原批件，这次就邀请美国乒乓球队来访。"电话传到日本后，名古屋盛传这一轰动世界的新闻远远超过第31届世乒赛比赛的消息。

在名古屋，第一个将这个轰动世界的消息用新闻传播出去的是日本共同社记者中岛宏。4月7日上午，他参加了藤久观光旅馆游园联欢会，曾见到代表团成员把宋中叫走的情景，并隐约听到"有重要电话"这句话。当时，他就猜想会不会是有关中美交往的事？中午，他取消了与西园寺公一起共进午餐的约会，自己来到藤久观光旅馆，找到了中国代表团。翻译金恕和周斌接待了他。当他证实了消息的真实性之后，立即奔向附近的一家咖啡馆，将消息发到体育馆的共同社专线。《日中新闻》晚刊当天就登出了他撰写的独家新闻。共同社也以最快的速度向全世界发布了这个特大新闻。

全世界都被只有2.5克重的白色银球震动了。下午，我坐在看台上看单项半决赛。代表团政委、副团长符志行就坐在我身边。

"符团长先生，请核实一个消息，你们已邀请美国队访问贵国……"一位日本记者拿着采访本提问。

"这是造谣，没有这回事。"符志行斩钉截铁地回答。

记者往本子上速记着，飞也似的跑去发新闻了。

我回过头瞧了一眼，心里很疑惑他为什么如此否定。

乒乓外交—"棋子"

不一会儿，又来了一位记者，向符志行提出了同样的问题。

符志行依然果决地作了否定的回答。

这位记者也如获至宝，飞也似的跑去发消息了。

我禁不住侧过身子，不解地问他："团里新闻都发出去了，你为什么要说没这回事？"

符志行一脸惊讶，说："真的？我怎么不知道？"

原来，他从早晨出去就没回过旅馆，而时间又太紧迫，大概是团里其他领导疏忽了与他联系。

不管有多少理由，他是团的政委，这么重要的事，怎么能不告知他呢？这位空军部队的校官生气了，一脸的不高兴。正在此时，团长赵正洪走到看台上，在符志行的身后一排坐下。

符志行回过头，责问道："邀请美国队访华的事怎么不告诉我？"赵正洪忙解释说："我也刚知道不久，先派人去找美国队了……"

"怎么搞的嘛！"符志行脾气还未消下去，说话的声音越来越大。

赵团长虽属"解放干部"，但毕竟是部队的少将，火气也上来了，大声说："不要吵吵嚷嚷的，有意见回去再说！"

眼看两位领导要吵起来，我顾不得身份，只好劝说他们："你们可千万别吵，现在我们的看台是新闻记者瞩目的中心，多少架相机、摄像机都对着我们哪，如果吵起来，恐怕回国后不好交代！"

考虑到后果，他俩都沉默了。

同一个时刻，也有不少记者跑到爱知体育馆后藤钾二的办公室，向这位中国人民的朋友核实消息。

毛主席英明抉择
用小球推动大球

毛主席吃过安眠药后开始看为部参
攷翻到染拾捌页见外电报道庄则栋在
车上和美国运动员科恩交了朋友,庄对他
说,美国政府雖然对中国不友好但美國人
民都是中國人民的好朋友,表達中国人
民对美国人民的友誼,庄把杭州织锦送给
他做礼物科恩非常高兴孟对庄说祝你们在比賽
中取得好成绩.毛主席看到这里突然激动
的叫了一声,我的庄爺爺,快后对看工作人员说:
快邀请美国乒乓队访華,工作人员不理采因为
毛主席有令吃过安眠药后说的話不算数这
时毛主席又说今天我吃過安眠药说得話也算数
快去(以上是毛主席的机要秘书張玉鳳女士二〇〇三年
秋提供)工作人员高興的立刻去办了,毛主席接
着又説:这個庄则棟不但球打得好还會办外
交,共大有人,有點政治頭腦(毛主席的护士長吳旭君提供)
比有些外交家遷会办外交(毛主席机要员謝
靜宜提供)在五战续纷的世界里只有毛主席人們慧
眼才能抓住这看似十分平凡却是非常重要美
鍵的瞬間,毛主席用小球推動了大球,打開了外
学之門,改變了世界的格局,改變了中国的走
向,結束了蘇联陳兵百萬对中國的武裝威脅
為中國的改革開放奠定基礎。

歲辛卯春月 庄则栋書

周总理谈中美往来的偶然与必然

一九六九年三月二月苏联武装入侵中国的珍宝岛后世界形势发生了变化美苏是主要矛盾现实中苏矛盾越过了中美矛盾七时中美两国都在调整自己的对外交路线两国接近就有了可能性一九七〇年尼克松总统曾表示愿意访华毛主席也欢迎他来然而两国都是大国有个面子问题不愿首先主动对大周总理说中美两国需要住来其实这个条件很早以前就成熟了事物的必然性有时是通过偶然性表现出来的中美乒乓球交是必然性通过偶然性表现出来的。

辛卯夏月 庄则栋 书

"怎么可能呢？中国连与美国支持的朗诺集团比赛都弃权，怎么会邀请美国队去访问呢？"他还自信地笑着加重语气说，"不可能，不可能，绝对没有这回事。要真有这种事，我怎么能不知道呢！"

记者自然相信后藤先生的这番话。

此时，日本新闻界出现了一片混乱，说已邀请美国乒乓球队访华的消息，来源可靠；否定这个消息的，来源也极可靠。

其实，在游园联欢会结束后，中国代表团领导已将这个消息告诉了日中友协的村岗久平，并嘱咐他转告后藤钾二。不知村岗久平忙什么事，耽误了一会儿。当村岗久平将这个消息告诉后藤钾二时，这位被公认为中国人民的朋友的爱知工业大学校长发火了，他大声嚷了起来："这么大的事情怎么不先和我说一声呢？完全瞒住了我，太不够朋友了！我刚向记者否定了这个消息，这下让我说什么好呢？……"这位有身份的日本老人感到丢了面子，有些下不来台。但他很快意识到这个消息的重要性。而且中美之间的接近居然就发生在他主持的这次乒乓球赛上，想到此，他又感到有些自豪。

他急匆匆地赶到藤久观光旅馆，见了团长赵正洪。赵正洪说："这件事刚刚定下来，所以无法事先告诉你……"

经赵正洪一解释，后藤钾二的气也没有了。他听说两国代表团下午要召开会议，就急忙赶回爱知体育馆，为中美代表团的会谈安排地方。

从宋中找到哈里森发出正式邀请，到下午双方坐到爱知体育馆贵宾室会谈，只有短短几个小时，但名古屋——东京美国驻日大使馆——华盛顿白宫，热线畅通。美国国务卿罗杰斯将驻日大使迈耶发来的加急电报呈送白宫，并写了国务院的意见："虽然我们还无法断定到底是怎么回事，这个邀请的用意起码有一部分是作为回答美国最近采取的主动行为的一种姿态。"

虽然尼克松没有料到对中国的主动行为会以乒乓球队访问的形式求得实现，但他毫不犹豫地做出决定，美国乒乓球队要去北京。尼克松在后来的回忆录中作了如下记载："4月7日，谁都没有料到出现一个突破，美国驻东京大使馆报告，在日本参加世界锦标赛的美国乒乓球队接到了去中华人民

男子乒乓球队荣获第31届世乒赛团体冠军，乒乓国手们向观众致意，捧杯人为徐寅生

共和国访问，以及进行几场表演赛的邀请。这个消息使我又惊又喜。我从未料到，对华的主动会以乒乓球队访问的形式求得实现。我们立即接受邀请……"

科恩得知要去中国访问，高兴得在地上打滚。4月10日上午十时，斯廷霍文率领的美国乒乓球代表团来到了深圳罗湖桥。他们人人都背着照相机，睁着一双双好奇的眼睛。他们要把这个陌生的国度、陌生的人民都摄入镜头，装进记忆之中。

正如周总理于4月14日下午接见加拿大、英国、哥伦比亚、尼日利亚和美国乒乓球队时所说的，"现在，门打开了"。

关闭了二十余年的中美大门终于打开了！

乒乓球一弹过去，就震动了世界，小球转动了大球——地球。

相隔两届世乒赛之后，中国队依然取得了上佳成绩，获得了七项中的五项冠军。全团上下都很高兴。团长赵正洪在途经香港时，居然挥毫写了一首诗抒发自己的心情：

> 终出牛棚心不静，
>
> 蹉跎岁月愤难平。
>
> 总理给我交重任，
>
> 率领球队到东瀛。
>
> 乒乓外交举世惊，
>
> 赛场内外传友谊。

发出小球转地球，

中美关系化坚冰。

可是，赵正洪过于沉湎于胜利的喜悦之中，军管会也高兴得过早了。周总理的一顿严厉批评，像一盆冷水一样，使他们发热的头脑冷静下来、清醒过来。

在我们与朝鲜商量参不参加第 31 届世乒赛时，朝方提出一个问题，他们去了就要取得好成绩，否则对六十万旅日朝侨不好交代。周总理从大局考虑，从中朝友谊出发，曾表示，希望朝在男子单项方面取得优胜，朝鲜队才派去五名选手。言外之意，就是在男子单打比赛中，我们应为朝鲜选手让路。参加那次谈话的国家体委的两位领导，军管会主任曹诚和宋中都未领会周总理的这个意思，结果在男子单打中，中国队的郗恩庭以三比〇将朝鲜的种子选手朴信一淘汰了。代表团回国后，周总理严厉地批评了曹诚，责令韩念龙、赵正洪和郗恩庭一起去平壤"负荆请罪"。赵正洪虽然未参加那次谈话，但作为团长也挨了批评。

让周总理生气的还有一件事，那就是世乒赛后的一场中日友谊赛。双方各派四名男女运动员出场。教练问赵正洪怎么打？赵正洪说："八仙过海，各显神通。"结果中方把日方的八人都打败了，弄得在场的日本朋友在面子上都有点下不来台。

"已定了'友谊第一，比赛第二'的方针，你为什么'八仙过海'啊？"周总理批评赵正洪。周总理还对谈话时在座的李先念说："赵正洪是你的老部下，是跟你过祁连山到新疆的老同志了，你也批评批评他。"李先念说：

"赵正洪啊赵正洪，你哪里有那么多旧东西呢？什么'八仙过海，各显神通'？要好好认识错误。"

一个星期日，赵正洪一大早就来到我家，说："明天，总理就要我交检查了，请帮我看一看、改一改吧！"

我随他去了他家，看了他的检查稿，又详细地听了他说的自己的真实想法。有几句话，我印象深刻。他检讨了自己违背"友谊第一，比赛第二"的锦标主义错误思想，但他说："我是打仗出身，总以为冠军拿得越多越好，谁知道拿多了也会犯错误！"

1971年一个初夏的早晨，我上班时在体育馆路上遇到庄则栋。他拉住我，说："曹主任被撤职了！昨天晚上周总理在人大会堂宣布的，我在场。"

这可是个爆炸性新闻。我迈进体委大门，机关里静得出奇。上午十点，曹诚在二楼会议室召开会议，传达头一天晚上周总理的指示。他一二三说得很平静，说到最后，才用低哑的声音说："周总理说，曹诚，撤你的职。"有几位军代表当时禁不住就哭了。想当初他们雄赳赳气昂昂地开进体委，如今要灰溜溜地被迫离开体委，能不伤心吗？

随后，周总理派王猛到体委当主任。体委成立了曹诚帮助小组，让曹诚检查错误。

帮助小组原先设在体育科研所，后来搬到北京体育馆南二楼。由于我熟悉第31届世界乒乓球锦标赛情况，组织上让我参加了这个帮助小组。毛主席批评曹诚"锦标主义"、"官僚主义"；周总理批评曹诚"颟顸无任"。直到曹诚调回总参，他仍然想不通。

记得那是一个周末的傍晚，开完帮助会之后，曹诚对我说："鲁光，你先别走，我们留下来再聊一会儿。"

我说："会上都说得那么多了，还有什么好聊的呀？"

曹诚说："暖水瓶都收走了，你们这个帮助组的任务也结束了，我得回总参去接受审查。会上说的都是一本正经的，我们聊会儿天，说点真心话。"

在暮色苍茫中，我们对坐在会议室里。曹诚说："我到体委后，连个秘书都没有用，有好烟好茶大家抽大家喝；到运动队食堂吃饭，我排队，我怎么会是官僚主义呢？我打仗出身，总以为冠军拿得越多越好，怎么成了锦标主义了呢？我真想不通。"

我说："您说的都是事实。我想，中央是从大局考虑，您从根本利益上违背了中央精神，所以说您是官僚主义、锦标主义……"曹诚沉默许久，站起身，说："我们也走吧！"

曹诚后来被调到青海省军区担任副司令员。1978年，我们去西藏途经西宁时，他来西宁宾馆看望过我们。当时"四人帮"刚粉碎，他的心情颇好。但不知他对那个批评心服口服了没有，我们没有再作深入交谈。

又过了一些年，我去中国画研究院参加一个画展开幕活动，他也去了，满头白发，苍老了。

又过了一些年，传来他去世的消息。

第31届世界乒乓球锦标赛前后，周总理先后接见了我们八次。我以为，周总理亲自过问乒乓球，固然是关心乒乓球运动、关心乒乓球运动员、关心祖国的荣誉，但他考虑更多的是国际大局。他说：前一段时间，集中力量搞了"运动",外事没有多搞。接下来,要集中力量纠"左"。现在,我们要展开外交攻势,"乒乓外交是我们整个外交攻势的一部分"。

乒乓球,是周总理外交这盘棋局中的一个棋子,而当时军管会的领导人却没有这个"外交头脑",只把第31届世乒赛作为一次重大的国际体育比赛来对待,拼命拿冠军。比赛虽然取胜了,却落个挨批、遭撤职的结局。

当韩念龙、赵正洪和郗恩庭到平壤"负荆请罪"时,金日成说:"比赛都想战胜对方,这是人之常情嘛。就连老子和儿子下棋也是谁也不让谁嘛!在世界锦标赛上,哪有一个国家愿意输给另一个国家?没有这个道理嘛。在比赛的时候,你当运动员,谁让谁呀!我理解毛泽东同志、周恩来同志为朝中两党、两国

友谊的使者

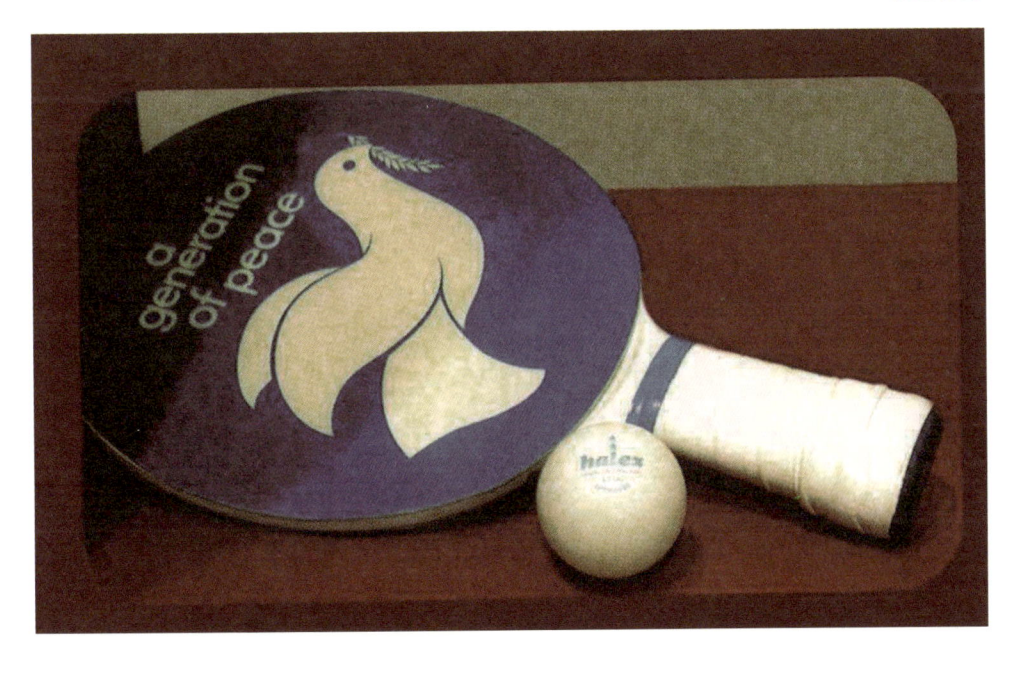

友谊做出的努力。请转告他们，朝中两党、两国人民的友谊是用鲜血凝成的，是牢不可破的。"

1972年2月，美国总统尼克松首次访华。在首都机场，与周恩来总理紧紧握手。这标志着一个新时代的开始。在人民大会堂，当外交部礼宾司司长韩叙将庄则栋介绍给尼克松时，周总理作了补充，说："他就是即将访问贵国的乒乓球代表团团长。"

尼克松握着庄则栋的手，说："到了华盛顿，我在白宫接见你们。"

1972年4月，以庄则栋为团长的中国乒乓球代表团出访美国。这个代表团的副团长是资深的国家体委副主任李梦华和外交部的钱大镛。尼克松在白宫玫瑰花园接见了庄则栋和运动员。尼克松说："两个月前我访问了贵国，受到你们热烈的欢迎。今天，在这里我见到的是来自中华人民共和国第一个访美的乒乓球代表团，非常高兴……"

之后不久，中美两国正式建立了外交关系。冷战结束，大门洞开，世界进入了一个新时代。

庄则栋一直惦记着与他一起创造那个"偶遇"的美国运动员格伦·科恩。1971年在日本名古屋，与庄则栋巧遇时，科恩才十九岁，是美国圣莫尼卡市立学院政治系二年级的一名学生。他十三岁时丧父，苦恼沮丧，留起了长发，成为美国盛行一时的"嬉皮士"。他反对美国在越南的战争。其实，他的球技不高，此后也未见他在乒乓球运动中有何战绩，但那次与庄则栋的"偶遇"却为他赢来了世界声誉。可惜，他英年早逝，2004年，五十三岁时死在手术

和平之旅——周恩来总理迎接到访的美国总统尼克松

周恩来总理与美国总统尼克松观看乒乓球比赛

1972年4月,在白宫玫瑰花园,美国总统尼克松会见庄则栋

台上。庄则栋夫妇2007年访美时,难忘老友,特地去洛杉矶看望了科恩年迈的母亲,又去科恩墓前祭扫。当2008年北京举办奥运会时,时年九十三岁的科恩的母亲弗朗西·科恩,与美国前总统老布什一起,受邀出席了隆重的开幕式。

2008年8月4日,科恩的母亲抵达北京,计划8月9日或10日宴请庄则栋。但此时庄则栋已住进医院,在奥运会开幕前夕做了手术。庄则栋只好请人转告她,等再去美国时去看望她。科恩的母亲哪里知道他儿子的这位中国朋友正在与死神做斗争。

庄则栋对自己在"乒乓外交"中的作用,始终有一个清醒的认识。他说："中美建交的时机已经成熟，这才是缔造这段历史的必然条件。而乒乓球只是一个偶然因素，否则，中国乒乓球再厉害，也打不到另一个半球去的。我作为毛主席、周总理在'乒乓外交'上的一颗棋子，感到无上光荣。我只是一名乒乓球运动员，把乒乓球从球台这边打到球台那边，不时地下网和出界。真正把乒乓球从地球这边打到地球那边的是毛主席、周总理……"

美国乒乓球运动员科恩的老母亲

　　第 31 届世界乒乓球锦标赛过去四十多年了，硝烟早已散尽，比赛结果也已淡忘，推动小球转动地球的伟人毛泽东、周恩来和尼克松都已去世，当事人曹诚、赵正洪、宋中、庄则栋、科恩也已作古，但小球引发的震动却依然在持续着，它会影响几个时代。

2006年，庄则栋参加庆祝中美乒乓外交35周年

三、上贼船的日子

由于庄则栋在"乒乓外交"中把好事做到毛主席的心坎上，赢得了他老人家的赞赏，"这个庄则栋啊，不但球打得好，他还会办点外交呢"。从此，这位乒乓球世界冠军平步青云。开始他当上了中国青年乒乓球队的领队兼总教练，然后进入国家体委党的核心组，成了副组长。三十四岁时出任国家体委主任，成为共和国最年轻的部长。此外他还当选为中国共产党第十届中央委员会委员，第三、四届全国人大代表。

庄则栋步入了中国政坛。

庄则栋刚到国家体委上任时，人头并不熟，还保持着当运动员时的那股天真情趣。记得有一次开体委核心组会议，我列席。会议开始前，他居然坐到我的腿上来和我说话。我急忙将他推开，说："小庄，你是领导了，怎么还这样呢？"那时的庄则栋，没有架子，没有官气，身上依然保留着运动员谦虚纯朴的品格，我们依然叫他"小庄"。

乒乓球队队员随荣高棠出访。前排居中者为荣高棠

1968年军事接管后,国家体委改名为体育局,归总参管。军管会撤走后,周总理点将三十八军政委王猛主事。其实,王猛调到体育局时已是北京军区副政委。开始,连他自己也不知道何故将他从军队调到体育局。他曾自嘲道:"一辈子玩枪玩炮,怎么叫我玩起球来了……"但他是军人,军人以服从命令为天职。他面对的体育局是一个"大地震"之后的"重灾区",百废待兴。

上任后,他在周总理、邓小平的直接领导下,以将军的气魄和胆识,大刀阔斧,力挽狂澜,推倒了压在体育系统头上的"5·12"命令那座大山,正本清源,把体育局从总参要回国务院,正名为国家体委。他大胆解放干部,为被诬陷的"刘贺独立王国"的干部们平反昭雪,重新启用李梦华、黄中等一批体委老臣。后来又为荣高棠平反,推倒"叛徒"结论,从时任中共中央组织部部长胡耀邦的手里,将荣高棠要回体委,委以党组副书记、副主任的重任。

那时,我已从报社调到体委机关,与王猛多有接触。他给我的印象是精明能干、有胆有识、一身正气,原则性强又有灵活性。从这位将军身上,感受到了儒将风度。后来才知道,他虽出身河北盐山农村,但他的父亲和祖父都是私塾先生,祖父还是前清秀才。他从小就随先人读古书,崇尚中国古代的英雄人物,"人死留名,豹死留皮"、"留取丹心照汗青"这些名言,深深地影响了他的一生。他还能背诵许多古诗词。有一次,在南昌参观时,他居然一字不落地将初唐王勃的《滕王阁序》背诵下来,令我们这些大学中文系出身的人大为吃惊。在生活上,他有两大爱好,好酒又好辣。随他南行时,我在火车上见过他好酒的一幕:他将快喝干的杯子碰翻,然后对警卫员说,酒洒了,给倒上。警卫员给他倒了一点儿,跟洒掉之前的量差不多。王猛指着杯说："再倒一点儿，刚才有这么多……"他用手比画着。警卫员说："刚才就这么多……"两人吵了起来，各不相让。我想，警卫员怎么有这么大的胆子敢跟首长吵呢？事后，警卫员告诉我："离京时，首长夫人嘱咐过，要控制他喝酒。刚才，首长是存心把杯子碰倒的，我看见了。他就是想多要一点酒。"由此王猛嗜酒可见一斑。沿途，在酒席上，他不仅自己放开喝，还一个劲地鼓动我们几个随行者给当地领导敬酒。在南昌，我们频频地给当时的省革委会主任陈昌奉敬酒，结果陈昌奉喝多了，想陪我们看戏也未去成，直到第二天早晨才清醒过来。第二天，他见到我们直说："这个王猛……"

在酒席上，王猛也有怕的人。那是在苏州，南京军区司令员许世友设晚宴款待。那夜，许司令穿着草鞋，端坐着，腰板笔直，一杯接一杯喝酒。平日好敬酒的王猛，老老实实地坐着，偶尔喝一小杯，自己不敬酒，也不张罗着让我们敬酒。餐后，我们在酒店庭院散步，我问王猛："今天为什么不敬许司令酒呀？"他说："谁敢敬他呀，你敬一小杯，他会叫拿碗来，一碗一碗地喝，谁敢呀……"

对于许世友的传闻有很多，据说，许司令最怕与周总理喝酒。有一回，周总理与许世友喝酒，喝了几十杯，直喝得许司令求饶。最后，周总理说，可以放你一回，但有一个条件，今后不许强迫别人喝酒……许司令服了周总理，答应了周总理的条件。在苏州的晚宴上，许司令只是时不时自己干杯，未见他叫任何人喝酒。看来，周总理以酒惩治许司令的传闻是有其事的。

闲聊时，王猛说，喝酒吃辣椒这两大嗜好，都是在部队养成的。

当我们到杭州调研时，王猛对我说："鲁光，你家不是在浙江吗？给你三天假，回去看看父母亲。不要过家门而不入呀！"而到苏州调研时，他又对王鼎华说:"你家在无锡,也放你三天假,回家看看吧!"

陪同领导出差,哪敢想回家探亲呀,应该"过家门而不入"才对。但王猛特有人情味,百忙之中也不忘安排我们回家探亲。对于这样的领导,真是打心眼里佩服。

富有人情味的王猛,政治警觉性也特别高。当我们奔上海而去时,他一再叮嘱我们,到上海这个地方,我们得提防着点,要处处小心。当时,"四人帮"的帮派骨干徐景贤正控制着上海。而且,上海是王洪文、张春桥、姚文元的"老窝"。

王猛主政国家体委后,国家体委这个"重灾区"得到了救治,王猛的威望也空前的高。人们称之为"元帅之后有猛将"。即贺龙元帅之后有王猛将军。

当时,庄则栋是体委党的领导核心小组副组长,是王猛的副手。他也打心眼里佩服这位周总理亲自派来的猛将,平日里一口一个"主任,主任"地叫着。王猛对庄则栋也是很器重的,他喜欢这个从运动员中提拔上来的年轻干部。但是谁也没有料到,庄则栋后来居然组织大会小会批判他的这位顶头上司。

我随王猛南下调研时的一天夜里,在他的软卧包厢里,他说起庄则栋,"这个人本质还是好的,起先很尊重我,有事都找我商量。唉,后来被江青、王洪文拉拢过去了……"

1974年3月5日,王猛主持核心组会议,研究内蒙古"丁氏姐妹"的告状信处理问题。此信是《体育报》有人报送江青的。告状信诉说"二丁"因反对领导弄虚作假搞锦标主义而遭受打击报复以至毒打。江青用这封告状信当石头，狠砸王猛。她于 2 月 21 日作如下批示：

应该责成王猛同志妥善处理。赔礼道歉，医治欧（殴）伤。揭开体育系统阶级斗争、路线斗争的盖子。

当时已担任中共中央副主席的王洪文也作了批示：

完全同意江青同志的意见。请转王猛同志即办。

据参加会议的核心组秘书王鼎华回忆，"尽管王猛十分清楚'批示'的用心和矛头所指，但他还是按原则办了，中央领导不是要求我来妥善处理吗？我照办就是了。他和姚晓程等领导研究，按照常理，'二丁'提出受打击迫害的事，总不能仅凭她们的一张状纸就作结论，首先要对问题进行调查核实。于是决定组织一个以办公厅负责人郭连刚为首的调查组，立即奔赴呼和浩特，将情况调查清楚后再作出处理意见"。

调查组出发刚刚两天，王洪文就派秘书到体委煽风点火，说："王猛扣住中央首长的批示不向群众传达、不贯彻落实，这是什么问题，里面一定有鬼。"

不明真相的群众纷纷贴大字报，责问王猛，弄得机关无法正常上班。

王猛在 3 月 5 日召开核心组会议的目的，就是商量怎么向群众解释。庄则栋时任核心组副组长，他清楚整个过程。他主动提出为王猛解难，由他出面向群众作解释。庄则栋深明大义，危难时刻，挺身而出，精神可嘉。会上一致同意，第二天召开体委系统的骨干会议，由庄则栋来解释所谓扣压中央首长批示的问题，以平息这场风波。

王猛事后回忆说："当时，庄则栋是真心为我解难的。"

但3月6日的情况却大出人们意外。会议在体育科研所四楼报告厅举行。上午八点半，已座无虚席。王猛先说了几句话，然后就请庄则栋讲话。

我参加了这次会议。出人意料的是，庄则栋一反常态，来了个一百八十度大转弯，翻脸不认人。他说："王猛，这四天的事，是你的问题，应该由你来讲。江青同志、洪文同志的批示是给你的，你必须向群众做出交代，用不着我来讲……"庄则栋的气势令全场震惊，会场一阵骚动！

王猛不愧是见过世面的大将军，面对这种场面，仍以沉稳的语气，做了说明。但不时响起的口号声和叫喊声把他的话打断。他只好沉默以对。

"王猛，你跟林彪是什么关系？还有什么问题没有交代？"庄则栋乘机发难。

这边扣压问题还没有平息，庄则栋又把问题引向了更深处。看来，王猛的问题并不在体育系统，而是在部队，群众心里没有底。而造反者则深感庄则栋的责问大有来头，便对王猛紧逼不放。

后来，根据庄则栋自己的"交代"，人们才揭开了这个"大转变"的谜底。

原来，3月5日晚间，庄则栋正在自己住的运动员楼411房间准备次日的讲话稿。有两个亲信人物来找庄则栋，劝说他不要上当，路线问题重大，应该马上找江青汇报。庄则栋一想也有道理，便抓起红机子拨打了钓鱼台江青的电话。

江青立即召见了庄则栋。庄则栋到时，看到王洪文也在。于是庄则栋对两位首长讲了事情的经过。等到庄则栋讲完，江青说："你别上他的当，王猛想把你推到前面，他是很狡猾的。明天上午的会你去参加，你就跟王猛说：'这是一位副主席、一位政治局委员批示给你的，你来向群众解释，我不管。'把球给他踢回去。"江青还对庄则栋说："王猛在十次路线斗争中是有问题的，他和林彪的关系不清，屁股不干净，有些问题也没有交代。他这个人太可恶，你要发动群众，大揭大批……"

王洪文也拍拍庄则栋的肩膀说："现在你赶紧回去，我们支持你，以后有什么事就找我们。小庄呀，机会难得。"

至此，庄则栋仍然不知道要"大揭大批"王猛什么。江青、王洪文想到了这一层，他们在3月6日凌晨再次召见庄则栋，问王猛的状况怎样？庄则栋说："不好对付。群众的劲头也不大，还有好多人保他。"

江青尖叫道："那有什么难的吗！我告诉你，王猛是林彪线上的人。嘻！你咬了我一口，我一定要咬你！"

庄则栋还是不明白："你咬我，我咬你？"

江青说："还不清楚嘛！王猛是法西斯！王猛是大恶霸！王猛是死官僚！王猛是那个周……周公的徒子徒孙！"

庄则栋听江青骂了半天，也听不出什么名堂，鼓起勇气问："攻他什么呢？我们不掌握材料啊！"

"那好办！"江青说，"你不要忙嘛，我来供给你炮弹嘛！"

庄则栋马上从包里掏出笔记本。

"王猛给林彪送过王八。他没有交代。王八，你懂不懂？不懂可以问王副主席。就是……"江青边说边叉开五个指头，在茶几上做着王八爬的动作。"还有，你不要去问他,让别人出面,问他给林彪送了哪些礼?让他说说,我们听听。"

庄则栋有点担心地说:"王猛是周总理亲自点名从三十八军调来的。"

江青哼了一声,说:"王猛一点也不懂体育,这样的干部也能调到体委去啊?"

庄则栋从包里掏出周总理给王猛的一个批示。周总理的批示写在国家体委和外交部会签的《关于王猛应邀回访西德的请示报告》上。

请王猛同志在国家体委的批林批孔运动中,采取积极提倡和欢迎群众批判自己的认真、严格、热情的态度,才可把体委的运动发动起来。

周恩来

1974年3月5日

江青说:"咳!你怎么不早把这个拿出来,差点儿误了大事。洪文,你瞧瞧,你给他打电话,这个批示同我们的不一样,要改写,要写得重一点。"

王洪文正要去打电话,江青又说:"你问他,准备怎么改写,写好了我们还要看一看。"

王洪文放下电话不久,铃声响了,是周总理来电话要找庄则栋。庄则栋正要去接,江青一把拦住他示意王洪文去接,说:"你告诉他,庄则栋没来过我们这里,把电话打到体委去找。"随后又对庄则栋说:"快回去,别说你到我们这儿来过。你接到总理的电话后,把他对你说的话记下来,一个字也不能漏,然后打电话告诉我们。"

周总理重病在身,处境艰难。但在江青、王洪文的威逼下,不得不连夜亲笔写了一封信。

上贼船的日子

王猛、庄则栋同志：

　　听说体委动员批林批孔的大会正在开，如果王猛同志今晨将我在一个要出国的文件上写给你们的几句希望的话，念给大家听，大家会问，下文如何？我就请你们代答：如果在批林批孔运动中，大揭大批，批深批透，批得王猛同志来不及出国，那也不要紧，可换别人去。我方才把这几句话的内容从电话中告诉了庄则栋同志，现在以书面补告。

　　即致敬礼

周恩来
1974年3月6日四时

庄则栋原原本本地把这一切向江青做了汇报。江青说："把运动抓起来，总理不是也说了吗，对王猛要大揭大批、批深批透！"

庄则栋经历了这一切，目睹了这一切，但他还是服服帖帖地听从了江青的指挥。

周总理对庄则栋恩重如山，他应该对周总理感激才是，怎么能参与欺骗、反对周总理的勾当呢？

这要归结到庄则栋对当时形势的分析和判断上。他认为"周总理年纪大了，身体也不好"。而"王洪文年轻，在中央工作的时间会很长"，江青是毛主席的夫人，"这个后台最硬"。1976年，在周总理的追悼大会上，江青不脱帽，而庄则栋则倒背双手，引起了民众的极大愤慨。粉碎"四人帮"后，一次在机关二楼打开水时，我碰到庄则栋，我将大家对他的意见告诉了他，说："总理那么关心你、培养你，你怎么能反总理呢？"庄则栋说了实话："我看总理老了、病了，而江青是毛主席的夫人，王洪文、张春桥、姚文元势力强。唉，我以为在江青这条船上最安全，谁料到这是一条贼船呀……"而关于倒背双手一事，他则解释说不是有意，是平时的一种习惯，当时没有太注意，大意了。

一种投机心理，使他一失足成千古恨。庄则栋从一个单纯的运动员，成为江青的"宠臣"，成为"四人帮"在国家体委的代言人，其根本原因就在于此。

据去过他在运动员大楼411房间的人说，屋里桌子上供着江青送的枇果、石榴，墙上挂着江青为他拍摄的彩照，书柜里摆放着江青签名的书……庄则栋自己说，"到了这个房间，就会感到江青的关怀"。

当时，社会上流传一条"花边新闻"——"庄则栋是江青的面首"。当时我有一位驻蒙古人民共和国大使馆的学友，写信问我，是否有此事？他说，国外媒体上都登了这样的话："天不怕，地不怕，只怕江青半夜来电话。"在国内，民间也有此传言。我是不信的，但传得那么邪乎，使我动了向庄则栋本人印证的念头。

粉碎"四人帮"后，庄则栋被隔离审查。就在体委机关大楼里，看管并不那么严，打开水之类还是自由的。有一次我又与他在开水房邂逅，就直截了当地问他："外面到处盛传你是江青的面首，说'天不怕，地不怕，只怕江青半夜来电话'，是真的吗？"

"哪有的事啊，这绝对是不可能的！我从未与江青单独在一起待过，她身边都是有人的。有一回，在天津小靳庄，江青叫人捉了几只麻雀，放进屋里。麻雀满屋乱飞。我、刘庆棠几个人都在，江青拍拍我的屁股，说：'我的冠军，去逮住它。'只此而已。那些话都是乱传的。"庄则栋一边摇头，一边哭笑不得。据了解，专案组审查时，私下里也有人问过此类问题，庄则栋的回答极简单，"胡扯淡，瞎造谣"。

庄则栋是一个政治头脑简单的人，跟定江青铁了心。江青一伙叫他怎么干，他就怎么干。这让我想起了木偶戏。庄则栋就是一个木偶，任江青们操纵摆布。

江青告诉庄则栋："天马行空，独往不能独来，王猛你猛不了啦。"庄则栋就在揭批会上将此话说了出来，王猛听了此话，却不畏惧，说："宁为玉碎，不为瓦全！"

事后，秘书担心地说："你这样针锋相对地顶回去，恐怕他们又要到江青那里告状了。"

王猛说："怕有何用？就是要给她顶回去。"

江青本想要拉王猛的。在我随王猛南下调研时，王猛说过一些心里话。他说，他与江青本来不认识，起先对她是非常尊重的，因为她是毛主席的夫人，是政治局委员。但接触多了，就对她产生了厌恶情绪。有一次，在毛家湾，江青伸出手，说："王猛，我们比一比手劲。"王猛不伸手，说："首长，我没有劲。"可江青的手伸着不收回，催促道："快来比一比嘛！"考虑到不使她难堪，王猛无奈地伸出手，谁知江青却握住不放，说："啊！你的手这么大呀！"王猛感到肉麻，心里非常不舒服。

接着江青拉王猛看录像。看空军批判林彪死党周宇驰的录像片。看了一会儿，王猛觉得没有意思，嘀咕了一句："这个会开得一点没有气氛！"

江青听见了,回头说:"我看你怎么一点也不气愤?"

王猛一听心火直冒,回了一句:"我不气愤?我比谁都气愤!"

江青没料到有人敢当面顶她,反问:"你比谁都气愤?"

王猛说:"是的。"

江青没看完就走了,说:"我先回去,你们继续看,都坐着,谁也不要动。"

庄则栋等都纷纷站起来送她,唯独王猛真的坐着没动。

庄则栋说:"主任,你怎么不起来送送?"

王猛回答:"江青同志不是有指示叫我们继续看,谁也不要动嘛!"

过了几天,庄则栋就传过话来:"江青同志讲,王猛对我有戒备。""王猛小里小气的,不大方。"

确实,王猛对江青是有戒备心的。王猛说:"体育这一块是国务院管的,她和王洪文老插手。我只给分管的国务院领导汇报工作。"

为此江青恨透了王猛,指使庄则栋来整王猛。主要的做法有以下几方面:

一、召开大会,让王猛交代给林彪送王八的事。

按照江青的部署,庄则栋在国家体委主持召开揭批大会,他引而不发,安排别人来引爆这个"炸弹"。

问:"王猛,你给林彪送过礼没有?送了什么?老实交代!"

王猛:"我个人没给林彪送过什么礼。"

"那么,集体送过没有?"

"那是部队的事,早已向中央军委写过报告,没有必要在这里讲。"

"不行,你是部队的政委,要向大家交代清楚。"

有人急不可耐地大声揭露:"你给林彪送过王八。这不是一般的王八,是政治王八！"

王猛原是三十八军政委，而林彪"571"工程纪要中，有"三十八军是借用力量"的说法。所以，把王猛与林彪挂上，而且点明他在"十次路线斗争中有问题"，具有巨大的轰动效应。连我们当时也在心里打鼓。尽管送王八是小事，但背后牵扯的却是大问题。

在一片哄闹声中，王猛不慌不忙地讲述了"送王八"事件的来龙去脉。

那是1968年，三十八军副政委徐炜到301医院治病，碰上黄永胜的老婆项惠芬（她是黄的办公室主任）。项惠芬说："最近林副主席的身体不太好，需要补养。你们部队靠近白洋淀，能不能搞一些王八给林副主席送去。"徐炜立即打电话告诉三十八军的领导同志。王猛想，既然有领导提出来了，还得当一桩事来办。于是他就在军常委会上进行了传达，并集体讨论决定，让副政委王丕礼去办。后来由军招待所的所长（一个营级干部）送去，而且不仅仅给林彪一个人，其他几位老帅也都给送了一份。林彪事件爆发后，三十八军党委就此事原原本本地向中央军委写了报告。

我们一听，这不是无事生非的一个闹剧吗？大家没了兴趣，庄则栋也显得很没趣。原来这个所谓的"大炸弹"，只是一个"哑弹"。

二、使《体育报》停刊，以打断王猛的一条腿。

江青听说王猛不让《体育报》刊登批林批孔的文章，说这是"捂阶级斗争盖子"，要停刊整顿。停刊报告送交国务院，周总理没有批准。这个"高招"又失败了。

三、查抄王猛笔记本和讲话稿。

那段时间，在国家体委内，大会小会地批判王猛，都没有结果。王猛说，对我工作中的错误欢迎批评,但我执行的是毛主席的革命路线。说我反党,就是砸碎了我的骨头也找不出来。有人提出,让王猛交出笔记本和讲话稿,以便找出"白纸黑字"的"罪证"。有几个人跟王猛回办公室,进屋就要动手拉抽屉和开秘书的保密柜。王猛在座椅上勃然大怒,指着他们说:"你们简直是胡闹!在国务院没有下令撤我之前,我现在是国家体委主任,你们无权查抄我的任何材料。这是我的办公室,你们立即给我滚出去!"

这几个人跑回会场,气急败坏地叫喊:"王猛的反动气焰太嚣张了,向革命群众猖狂反扑!"

王猛是位堂堂正正的军人,性格耿直刚烈。从此之后,他便居家不外出。但是一拨人还是轮番登门找他。当时他身兼北京军区副政委,家有警卫,拒挡这些人进门。他气愤至极,甚至想拿枪毙了他们。最后迫不得已,他住进了医院。开始住在301医院,但还是有人去纠缠。后来住进协和医院。为了防止再有人去冲击干扰,李先念副总理特地给庄则栋打招呼,"让王猛安心治病,有什么事待病好以后再说。体委任何人上医院去闹,你都要负责任,都是你批准的"。

庄则栋没了辙,在天津向江青诉说:"现在体委的运动阻力很大。"

江青为他打气:"家里不稳没关系,有反复不要怕,让它反复,让他出来,你顶住!我、洪文、春桥、文元,都支持你,你是执行毛主席路线的。"

庄则栋说:"我们遵照您的指示,揭批王猛、李梦华。可是现在王猛住进医院,只能背靠背揭发,李梦华在体委的根子很深,许多人都在保他。"

江青说:"你一定要最大限度地孤立王猛、李梦华,尤其是要孤立李梦华,他的势力太大了。在这个关键时刻，要邓小平出来讲话，要他出来支持你。"

庄则栋乘汇报参加亚运会筹备工作之机，向邓小平传达了江青的"指示"，要他到体委讲话支持自己。邓小平严肃地说："我不讲，我这个人向来不喜欢讲话，也不相信我的话有那么大的作用。"邓小平绵里藏针，毫不留情地把江青的"指示"顶了回去，也没给庄则栋留面子。

1974年8月初，邓小平又明确地对庄则栋说："王猛在十次路线斗争中没有问题，在体委两年多也没有什么问题。"这是白天，邓小平把庄则栋找去，代表党中央严肃地正告他。是夜，411房间，庄则栋一口接一口地吸烟，屋里空气闷热，他脱掉了所有的衣服，可是汗还是不住地往外流。这固然与天气闷热有关，但更是他心情焦虑烦躁所致。

邓小平的正告，与江青、王洪文的"指示"，完全是不一样的。如果把邓小平的正告传达下去，那么过去所做的一切全都是瞎闹腾了。此时他像吃了一记闷棍，急得团团转，跟随他的几个亲信也都傻眼了。

又过了几日，国务院分管体育工作的副总理华国锋将调离王猛的决定通知了体委。庄则栋却说："王猛现在不能走，他的问题还没有查清楚，他还没有作检讨。"

邓小平获悉庄则栋还在阻拦时，连夜直接打电话通知庄则栋放王猛走。庄则栋仍然强调，"王猛还没有作检讨"。邓小平下命令道："明天让他检讨一下也可以，但不管他检讨得好还是不好，你都要带头鼓掌表示欢送，并且立即放人！"

于是，在1974年12月6日，在北京体育馆召开了体育系统大会，王猛实事求是地作了检讨。庄则栋尽管极不满意，但不得不违心地带头鼓了掌。第二天，王猛离开体委，调任武汉军区任副政委。

《王平回忆录》中有一段记载："1975年8月30日，王平调武汉军区接替王六生政委前，去见叶副主席和邓副主席，邓对王平说：'江青要整王猛（国家体委主任），我们把他调到武汉军区担任副政委，你们要保护他。'"

后来才知道，邓小平急于调离王猛是有原因的。当时，江青正受到毛主席"不要多讲话，不要多出面"的批评而赌气离开北京。于是，邓小平当机立断，把王猛调走，保护了这位爱将。

逼走王猛之后，庄则栋当上了国家体委主任，坐上了"体育部长"的宝座，时年三十四岁。

他上任之后，依照江青、王洪文的旨意，立即着手"组织自己的人马"，拉帮结伙，打击排挤一批老同志，重用安插他信得过的人，大张旗鼓地进行所谓的"体育革命"。批"三代修正主义"，否定规章制度，扬言解散国家队，弄得人心惶惶。当时，我正在怀柔水库采访登山运动员，为人民文学出版社撰写《踏上地球之巅》的报告文学。有一天，我回机关，在大门口碰见庄则栋。他拉我去参加批判会，说："你跟我搞体育革命。走，我们去批老徐……"

"哪个老徐？"我问。

"徐寅生呀！"他答。

我说："徐寅生是我的朋友，我不去。"

庄则栋不满地说："朋友也得批呀！"说完，便径自上楼参加批判会去了。

批这个斗那个，庄则栋把昔日的战友，都当成批判对象，不知伤害了多少人。

人们都知道，庄则栋与徐寅生、李富荣结怨很深。是什么原因使这几位当年团结拼搏的队友，反目成仇？有人猜测说，是不是当年让球让出来的积怨？我以为，让球是一种举国体制下的潜规则，也许个人会有些想不通，但都以祖国荣誉为重，不会由此而结怨的。根子还是应该从庄则栋当官后的所作所为中去寻找，他深深地伤害了自己的弟兄们。

庄则栋当国家体委主任那两年，他唯江青、王洪文旨意是从，颠倒黑白，确实做了许多错事和蠢事。

对待大作家郭小川的态度，就是一个范例。

在国务院各部委中，国家体委尽管遭受过重伤，但恢复业务较早。郭小川在1965年曾来乒乓球队采访，写了报告文学《小将们在挑战》，在《人民日报》和《体育报》上同时发表，这在社会上引起了强烈的反响。那次采访，由我全程陪同。我从郭小川的采访和成稿过程中，悟到和学到了报告文学写作的真谛，日后也走上了报告文学的创作道路。我一直尊称郭小川是我文学上的老师。

1972年，郭小川从咸宁文化部"五七"干校回到北京，又想起乒乓球队。他找我说："我想写一写庄则栋，写他的笨鸟先飞的精神。"并希望我陪他完成采访任务。由于工作的原因，王猛未同意我去，而是派《体育报》的另一位记者陪同采访。

从本意来说，我是很想陪郭小川采访的。郭小川是我最崇敬的当代诗人。他为人耿直，作品有深度，对"四人帮"搞"一花独放"极其不满。记得有一回，我与他去前门一家小馆子便餐，他去排队买菜，嘱我抢占桌位。那是一个夏日，我们都吃出了一身大汗。饭后我们沿着前门大街散步时,他说:"你发表在《光明日报》上的小说写得很好。"我说,那是一篇小散文。他说:"就是一篇小说。"并很激奋地说,"写普通人有什么不可以的,非要写'高大全'三突出才行吗?"他对"文革"中的文艺政策十分鄙视。我从心里佩服他的铮铮铁骨。我很想再跟他多学些东西,我为失去这次学习的机会而惋惜。

郭小川曾跟随庄则栋到各地调研。回京后,庄则栋来我家谈过对郭小川的印象。他说:"郭小川是大作家,水平高,是我的好老师。"

郭小川的文章《笨鸟先飞》发表在1973年4月的《新体育》上。之后,又发表了诗作《万里长江横渡》,热情讴歌毛主席。香港报纸不但转载,而且欢呼,"小川,久违了!"

郭小川无疑是"文艺黑线人物"。他的重新出现,在文艺界万马齐喑的情况下,引起了文学界的震动,人们奔走相告,这就引起了"四人帮"的警觉。江青发话:"黑线人物郭小川怎么窜到体委去的,要查一查。"

在一次旅途中,王猛告诉我:"江青、姚文元下令查郭小川的手稿。我只将《新体育》杂志上的发表稿送了上去,想以此应付过去。我说,郭小川是我请来的,文章有什么问题,应由我负责。"王猛指指我,"郭小川提出要你陪他一起采访,我没让你去,如果你参加采访,就卷进去,跑不掉了……"王猛为我躲过一难而庆幸。他说:"我想保护郭小川,但我已自身难保,保不了他了……"

在揭批王猛的大会上,有人大批郭小川以诗以文攻击毛主席,简直是欲加其罪,何患无词。当时,我在机关二楼政治部秘书处工作,有一回庄则栋路过我的办公室门口,我把他拉进来,诘问他:"小庄,当年你口口声声说郭小川水平高，是你的好老师，如今这么乱批，你也坐得住？而且他写的《笨鸟先飞》是写你啊……"

"谁知他是反革命修正主义分子啊！"庄则栋脱口而出。

"谁说郭小川是反革命修正主义分子啊？"我追问。

"江青说的。"话一出口，他立即用手捂嘴，"这是保密的，不能说。"看来，庄则栋确实城府不深。

在庄则栋心中，已没有什么真理、良心可言，江青的话，便是"圣旨"。

对于庄则栋的倒行逆施，认贼做娘，体委的干部、群众是有强烈反应的。他们给中央写信揭发他的问题，引起了毛主席、邓小平的注意。据不完全统计，至少有一百七十多封揭发信，邮给中央。

1975年8月16日，乒乓球运动员郭仲恭给党中央写信，揭发了庄则栋一系列的严重问题。毛主席看了后批给政治局的同志看。9月19日下午，政治局分管体委工作的陈锡联副总理，遵照毛主席和邓小平的指示，召集了徐寅生、李富荣、郑敏之、林慧卿、郑凤荣、郭仲恭、肖星华、王鼎华八位同志，谈了四个多小时。他们全面反映了庄则栋的所作所为。回体委后，徐寅生、李富荣等人多次找庄则栋个别谈心。在一次庄则栋主持的学习会上，徐寅生做了一次冷静而又言辞犀利的发言，他说："对过去的事情，应该回过头来认真总结总结嘛！批判王猛、李梦华是不是按主席政策办的？是一棍子打死，还是治病救人？路线错了就改嘛！不是什么都正确的。批判王猛、李梦华就那么正确吗？用人方面，配备各级领导班子是按主席五条标准还是任人唯亲？批林批孔应在党的领导下，在乒乓球队是依靠党支部，还是撇开党支部？难道要中央指着你的鼻子说你犯了方向路线错误，才吓一跳、才改吗？"

一连串的问题，句句击中要害，庄则栋脸发红、鼻尖冒汗，有点坐不住了。而徐寅生最后提出的问题更是刺刀见红。他说："王猛同志是总理亲自给我们介绍来的，你在大会上喊'王猛你猛不了了，天马行空，独往不能独来'，什么意思？矛头是对着谁的？"这一问把庄则栋问蒙了。徐寅生提出的正是庄则栋最害怕的问题，他说出了体委广大群众的心声。

而此时一封署名"群众"的信，更是一针见血地扎到了庄则栋的心上。

庄则栋：

"君者舟也，庶人者水也。水则载舟，水则覆舟。"不知你的文化水儿是否使你听说过古代哲学家荀子这句话？

你这只体育界的领航船，不是群众的水载起来的，而是靠一只手推动起来的。你本人无疑对这只手感戴不已，永世难忘，把你从一个打球的擢升为部长。你作为一名运动员是受人尊敬的，但是搞政治、理外交、当领导，那只能让人睥睨而视。有自知之明的人，绝不会叫自己和身份的砝码悬若天壤。

自从这只手篡权以来，像你这样乳臭未干的"火箭"干部和领导可谓满天飞。一个唱戏的浩亮，一个跳芭蕾的刘庆棠，一个谱曲的于会泳……一个个平步青云，直上冲霄汉。你们对人民究竟有何功劳？有何贡献？有何作为？你们这批新贵干部在群众中的资望如何，你们知道吗？恐怕知道也装得心安理得，以为你们的靠山倒不了。

当你们这帮新贵高高在上坐享清福时，你们有没有想过，正是这双手，不惜以高官厚禄做钓饵，收买人心，为自己搜罗党羽，以增强自己的权势。

上贼船的日子

她的野心，比之林贼有过之而无不及。你们也就趋炎附势，忠心耿耿跟着这只手跑。

正是这只手，在我们敬爱的周总理尸骨未寒，就做出了一系列比之赫秃子对待斯大林有过之而无不及的恶劣卑鄙行为。

不让群众去天安门广场人民英雄纪念碑悼念，不让群众戴黑纱开追悼会，不让放映有关周总理逝世后的以及介绍其生平的电影，不让出版有关周总理的回忆录和生平事迹，不让登载照片，不让群众买到、看到"增刊"，甚至把人民画报出版社出版的周总理增刊回炉造纸浆。其用心是多么险恶，手段是多么恶毒！

更有甚者，1月14日《人民日报》"错"登了周总理的一张照片，2月6日《内部参考》又"错"登了诬蔑攻击周总理的一篇文章，这些令人"扼腕"的事件难道是偶然的吗？

你作为一个普通的中国人的良心，难道真的叫名利地位权势吞噬了吗？你不为目前在我国发生的种种奇怪现象感到痛心吗？你就心甘情愿俯首帖耳地在这只手下充当工具吗？

正是这只手，为了达到不可告人的政治目的，打着阶级斗争、反复辟、反倒退的旗号，借着反击邓小平的所谓右倾翻案风之名，高喊着极"左"的口号，为实现个人野心而奋斗！她才真正是跟林贼同出一辙呢！想当初这双手曾跟林贼手拉手亲密无间。

正是这双手借着资产阶级报刊的嘴给自己树碑立传，发生了震惊中外的"红都女皇"事件，丢尽了国家的脸，花尽了劳动人民的血汗钱来为其挽回声誉。其实她的声誉已像秋风下的落叶，只有进历史垃圾箱的份儿了！听听来自全国上下人民群众对这双手的议论和声讨吧！

正是这双手，在周总理遗体前没抹一滴眼泪，却跟另外几只手联合起来，在周总理逝世后，赶走、排挤老革命派，反对敬爱的周总理……

这双手的罪行擢发难数，令人作呕！看吧，当有一天全国人民都吃不到饭时，你们就会明白荀子这句话的真谛了。

现在人们是坐在沉默的火山口上，里面燃烧的浆液在沸腾，爆炸的一天不会太远了！

你们搞运动全是一言堂！报纸上轰轰烈烈，广播里大张旗鼓，而群众呢？冷冷清清，漠然置之。

因为群众不能讲真心话，不敢讲不同的意见和看法。群众对政治愈来愈反感、愈来愈讨厌！开会讨论千腔一调，人云亦云。谁敢发出不谐音，就意味着掉脑袋和失去自由，这跟苏修的法西斯专政有何两样？

这些跟林彪一般无二的伪马列主义个人野心家究竟要把中国引向何方呢？

我们敬爱的周总理无法瞑目、无法安息！随着周总理的逝世，中国最黑暗的日子到来了！你们这群无产阶级的新贵跟着这只手吧，翻船灭顶的一天早晚会来到！

群众

1976 年 3 月 14 日

邓小平对庄则栋的警告，是直截了当的。1975 年 6 月，邓小平当着陈锡联的面，向庄则栋传达毛主席的指示，要他以后不要再找江青、王洪文，有事

上贼船的日子

找主管国家体委工作的陈锡联副总理。并严肃告诫，这次谈话不能对任何人说。庄则栋吓出一身冷汗，不知上面出了什么问题。此后一段时间，庄则栋真的不敢再去找江青和王洪文了。但最终他还是效忠江青们的。究其原因，他已上了"四人帮"的贼船，身不由己地走向政治的深渊。庄则栋就像一个木偶，任江青们摆布。或者说，是一个蹩脚的傀儡演员。

当1976年初风云突变，刮起"批邓反击右倾翻案风"妖风时，庄则栋把邓小平传达毛主席叫他不要找江青、王洪文的指示当作"谣言"，为批邓提供"炮弹"，将徐寅生等八人的"告状"，作为国家体委右倾翻案风的典型进行批斗。尤其是对身为国家体委核心组秘书的王鼎华更为恼怒，当面斥责："你身为核心小组秘书，与运动员、教练员一起去，这严重地泄露了党的机密。"王鼎华说："我不是自己要去的，是国务院分管体育的领导点名要我去的。我谈的意见正确与否我负责，但我向中央领导汇报自己的看法，不存在泄漏党的机密问题。"庄则栋说："你不能再当核心小组秘书了。"王鼎华不仅被撤职，而且还抓住他"四五"去天安门的事，整他。

一天凌晨，天还未亮，有人敲我家的门。我打开门，见是王鼎华。他进屋后，十分惊慌地说："我们去天安门的事，被人揭发了。昨天，政治部的领导突然问我，4月5日你去哪里了？我只好说，跟鲁光去天安门了。领导说：这是严重的政治问题，为什么隐瞒？准备到大会上作检查！"

王鼎华低沉地说："肯定连累你了，真对不起。"

4月5日，我和王鼎华骑自行车去天安门广场。我们将车放在纪念碑台阶下，登上台阶，见许多人在议论这里发生的事。悼念周总理的花圈不见了，许多人簇拥在人民大会堂北大门。有人说，是昨晚搬走的花圈。我们意识到要出大事……

我问:"谁知道我们去天安门了?"

王鼎华说:"那天回办公室后,我说我和鲁光刚从天安门回来,可能要出事……肯定是办公室的人揭发了。"

"我们是悼念周总理的,有什么错……"我安慰王鼎华不要有顾虑。

果不其然,一上班,政治部开会,政治部的领导就厉声说:"到天安门去至今未交代的,我们政治部就有……"会后,另一位政治部的领导就找我谈话。我当时是政治部秘书处副处长。

"去天安门悼念周总理,有什么问题吗?"我不等这位领导说话,就先诘问他。

"要求去过天安门的人都说清楚呀……"这位领导倒也气不怎么壮。

"开支部会,你说一下吧!"他说。

"没有问题。悼念周总理还有罪呀?"我说。

那段时间,发生了唐山大地震、毛主席去世,大事一件接一件,接着便粉碎"四人帮"。当我获知"四人帮"倒台的消息后,故意问找我谈话的那位政治部领导,问他什么时候开支部会说去天安门的事呀?他沉默不语,感到自己的末日已到来。

万幸,我与我的好友王鼎华都躲过了这一劫。

1976年10月6日晚上7点多,庄则栋接到江青秘书的电话,说:"首长最近很忙,什么时候让你们来,再通知你。"于是,庄则栋焦急地等待着江青的接见,他幻想着该有什么惊人之喜。左等右等,两天过去了,到了10月8日下午，他沉不住气了，跑到公安部打听消息。他得知王洪文的一个亲信已"失踪"两天了。而这时《解放军报》上刊发了一篇"一切行动听指挥"的报道。庄则栋预感到情况不妙。当晚，他怀着忧郁不安的心情回到家中。

"则栋，你没听说什么消息吗？"家人问。

"没有。"庄则栋心里扑通一跳。

"没听说中央有什么事吗？"家人又问。

庄则栋心里更慌了，"我感觉到中央好像有什么事，但确实不知道是什么事。你没见我现在坐立不安吗？"

"王洪文、张春桥、江青、姚文元被抓起来了。"家人说。

庄则栋的脑袋轰的一声，要炸开了。他简直不相信自己的耳朵，问："你说什么？"

家人又重复了一遍。

庄则栋顿时觉得天旋地转起来。他多么希望这是一个传言，是假的啊！

10月9日上午，粉碎"四人帮"的事已不胫而走，在体委传开。庄则栋来到办公室，脸色蜡黄，时而从外屋走进里屋，时而又从里屋走到外屋。他对秘书说："你到411帮我把那些东西处理掉吧！"

"我？"这时秘书已没有这个胆了。

其实什么也毁不掉，毁掉也没用，庄则栋这几年跟着江青的所作所为，全在群众的心里、眼中。

过了不久，庄则栋被隔离审查，度过了四年没有自由的日子。中央调王猛又回到体委，再度重新整顿被"四人帮"搞乱的国家体委。

庄则栋昔日的队友梁戈亮曾经感叹地说："庄则栋当官两年，倒霉二十九年。"

四、自 杀 未 遂

1976年10月间,国家体委在体育馆召开了揭批"四人帮"及其余党大会。大会宣布了华国锋主席、党中央的决定,对庄则栋实行隔离审查。六名全副武装的解放军,当场把庄则栋押走。

隔离审查的地点有三处,起先在国家体委东楼,后在香山饭店的一个旧院落,自杀未遂后移送到北京卫戍区。

据当年负责专案的一位工作人员讲,庄则栋揭发和交代的态度是好的。而据我所知,庄则栋信奉"好记性不如赖笔头"的观点,在任何时候,他都有作记录的习惯。所以他的"罪证",笔记本里几乎全有。这些大大小小的笔记本,为他揭发和交代问题起了不可取代的作用。

经过长时间的闭门思过,庄则栋深感自己跟"四人帮"走得太近,在一些问题上陷得太深了,给体育事业带来了不可估量的损失。他悔恨、悲观,难以自拔。曾一度剃掉了自己的两道浓浓的眉毛,变成了一副颓丧的相貌。加之他又交代了难以启齿的隐私,更感到无脸见人。于是,在1977年5月

22日中午，他决定悬梁自尽，了却自己的生命。

地点是香山饭店的一个旧院落。当时庄则栋自己住一间房子，他的对面是专案组的办公室和宿舍。按规定，门都开着。当时专案组的一位副组长正在写材料，突然从对面传来咣当一声响，他急忙喊看管人员"赶快去看一下"，随后自己也疾步穿过小院，奔向庄则栋的房间。

"不好了，庄则栋上吊了！"看管人员惊慌失措地大声喊叫起来。

上吊的地方在屋角。那儿有暖气管道，一根捆行李的绳子套住庄则栋的脖子，脚下是一只被他踢翻的木头方凳。几个人手忙脚乱地把庄则栋救了下来。庄则栋脖子上勒进去一条血痕，脸色紫红。他们将他放在床上，用手伸到他的鼻子前，还有气……庄则栋苏醒过来后的第一句话是："有烟吗，给我一支……"

虚惊一场。专案组的任务，一是整理庄则栋的揭发交代材料，二是看管他不要出事。松了一口气之后，他们立即向领导做了汇报。医生也立即赶过来，对庄则栋的身体做了检查。

此后，为了防范意外事故的发生，对庄则栋的监管更加严格。最后，专案组决定将他移送到北京卫戍区。

关于自杀的原因，专案组和庄则栋多次交谈。但庄则栋只是说想不通。专案组的人告诉我，从接触中，他们感到庄则栋这个人头脑比较简单，认准了的事，不易回头。或者说，不会拐弯。

事隔二十多年后，庄则栋应邀去我的老家，我曾与他作过长谈。

据我所知，上吊自杀，在中国乒乓球队是有先例的。"文化大革命"开始不久，造反派把从香港归来的著名教练员傅其芳、姜永宁和我国第一个乒乓球世界冠军容国团打成来自"香港的潜伏特务组织"，对他们口诛笔伐进行批斗。他们忍受不了这种莫须有的罪名和人格污辱，以死抗争，先后含恨而死。而死的方式全是上吊自杀。时间前后不过三个月，"乒乓三英"命归西天。

我在有意写此书时，几位作家朋友一再叮嘱，要把"三英之死"作个披露。

1999年，我和同事王鼎华、朱中良、冯贵家合作，曾为山东教育出版社撰写了一部三十多万字的长篇纪实文学《中国体坛大聚焦》。现将其中"三英之死"一章扼要抄录于此，以飨渴望了解"三英"自杀内幕的读者。

傅其芳以死抗争

傅其芳年龄较大，建国前在上海，后来去了香港，经历比较复杂。回到祖国以后，他率领男子乒乓球队在世界锦标赛上荣获团体、单打"三连冠"，为我国乒乓球事业立下了汗马功劳。这样一位高、精、尖的人物，在"文化大革命"中自然被首当其冲。造反派抄了他的家，贴大字报批他为"资产阶级反动权威"、"贺荣修正主义集团的大红人"。他百思不得其解，"文化大革命"的主要矛头是整党内走资本主义道路的当权派，自己是个教练，不是当权派，为什么抓住不放？为祖国立了功、争了光，怎么反倒成了罪行？

1968年4月9日，傅其芳已经听到消息，造反派要对他采取行动。他的二女儿傅美凤后来回忆那天的情景时说："4月9日晚饭后，父亲预料当晚会有不测，便递给我一包平时最爱吃的酥糖，要我第二天早上做早点，说完就走进他的卧室。那些天，父亲整天闷闷不乐，心事重重。他不明白这场运动的目的究竟是什么？更难解的是为祖国建立的功绩越大反而罪行越大。每当想到痛苦处，就暗暗落泪。那晚，当台钟敲响八点时，外面乱哄哄地闯进来一批造反派，父亲立即明白了一切，示意我为他卷好铺盖，然后又拿了毛巾、牙刷等物，被造反派推推搡搡着出了门。"

傅其芳被隔离审查，关在训练局大楼二层拐弯处的一间小屋里。第二天，造反派带着他回家，再次搜罗罪证，结果什么也没得到。他的爱人马小芬在回忆这最后一次见面的情景时，说："那天回来，他的神情很颓丧，一夜之间似乎老了许多。我安慰他说，你的历史是清白的，你有什么就说什么，没什么了不起的，要注意身体。他也冷静地对我说，你放心，我不会走绝路的，不会让你和孩子背黑锅。说明当时他脑子还很清楚。我们是用上海话低声说的。造反派听不懂，就大声呵斥，你们为什么不讲普通话？有什么鬼？把我们骂了一顿。我们就不说了。走的时候，他又回头望了我一眼，好像还有很多话要说。谁知仅仅过了六天，他就永远地走了……"

据当年傅其芳的战友梁友能、李光祖讲，傅其芳被关起来以后，造反派不断地对他审讯、批斗，要他交代是三青团，查问他与香港特务组织有什么联系。这些莫须有的罪名，他一一否认。造反派说他态度顽固，便动手打他。有时，举重队的队员们来批斗他，一不如意，就拳打脚踢。尤其使他不堪忍受的是一些年轻队员，受极"左"思潮毒害，恶性发作，跑来拿他取乐，像在动物园里逗猴子似的叫喊："傅其芳，过来，过来！你笑一笑。"有人伸手在他下巴上钩一下，叫作打个"斗"，还骂一声"资产阶级反动权威"。如果不按他们的要求做，就打两个嘴巴。他是堂堂世界冠军的教练，一向受人尊敬，哪堪忍受这般污辱。士可杀而不可辱！他万念俱灭，实在忍受不了这样的折磨，在4月16日早晨，乘看守的人不在，就把房门插上，用挂窗帘的绳子系在铜质横杠上自尽而死。

后来，看守的人砸开门，看到傅其芳直挺挺地悬挂在窗口，惊呼叫人。住在四楼的乒乓球队员们纷纷跑下二楼，挤在门口惊慌得不知所措。郭仲恭也是下楼的一个，他在回忆当时的情景时说："还是我胆子大，第一个冲进去，跳上窗口的桌子，一把抱住傅其芳的身体，把他托起来，叫人解开绳子。但一时解不开，有人说拿剪子，但剪子找不到。我抱着傅其芳沉重的身体，拼命地坚持着。后来终于解开了绳子，我和傅其芳一起重重地摔到地上。我跌得满身是土，赶紧爬起来呼喊他。其实，他早已断了气。我们把他的遗体抬到走廊上。这时候，医务室的赵春古、陈章豪大夫来了，做人工呼吸抢救，在胸部用劲一按，咔嚓一声肋骨断了一根。我们实在不忍心看，心里说不出是什么滋味。"

傅其芳死时的样子并不难看，不像通常上吊的人那样吐着舌头，他的面部表情很平静，似乎把生前的屈辱和痛苦都解脱了。

乒坛的一代宗师就这样含冤离开了我们。当时他只有四十五岁，正值盛年。

姜永宁默默离去

傅其芳的死讯，从体育馆路传出，很快传到了先农坛。时任北京市乒乓球队主教练的姜永宁十分震惊和悲伤。他和傅其芳早年在香港共患难，1952年秋，他比傅其芳早半年回到祖国，后来在一起为祖国的乒乓球事业而奋斗。1963年他从国家队调到北京市，两人还是时常联系。傅其芳的噩耗对他的刺激极大。姜永宁的爱人、乒坛老将孙梅英后来曾感慨地说："傅其芳不死，姜永宁也许还下不了决心走这条绝路，因为他太老实、太胆小。我当时确实没有料到他会离我而去！"

姜永宁出身很苦，从小跟着被父亲遗弃的母亲和哥哥在香港生活，小小年纪就干活谋生，到码头捡煤渣，在乒乓球房拾球。长大一点就当陪练。贫困的生活造就了他内向、谨慎、忍耐的性格，但他勤奋、有毅力，很早就显露出了打乒乓球的天分。

他打的是独树一帜的直板削球，基本功扎实。有耐心，韧劲好，从不急躁，往往能把对手"磨"死，很快就在香港乒乓球界崭露头角。1952年，他夺得香港乒乓球赛男子单打冠军。同年，中华全国体育总会广东分会邀请他代表广东参加第一届全国乒乓球赛，他荣获了新中国第一个乒乓球男子单打冠军。

新中国体育事业的奠基人贺龙元帅广集人才，托人捎话给姜永宁，希望他留下来为祖国打球，他在香港的一切待遇都可以保留。姜永宁受到莫大的鼓舞，怀着报国之心，毅然离开香港来到北京国家乒乓球队。由于他的球艺精湛，名声很大，已在香港《星岛日报》谋得了一个稳定的职业，收入也比较丰厚。在国家队，他看到其他教练和运动员的工资都不高，便再三要求把自己的工资降下来。后来经领导做工作，他才收下每月一百三十五元的工资。

建国初期，我国的乒乓球运动水平很低，后来有了傅其芳、姜永宁等人的加盟，实力大大增强。1956年，中国乒乓球队参加在日本东京举行的第23届世界乒乓球锦标赛，姜永宁作为男队主力队员，打得十分出色，发挥出他那"拼命三郎"的精神，在与美国、韩国和南越三队的比赛中，他独得五分，为中国队首次跻身一级队前六名立了头功，被誉为世界上最优秀的削球手。后来我国的优秀削球运动员张燮林、林慧卿等都是在他的技术基础上发展起来的。郑敏之、仇宝琴等年轻队员，更是直接接受过他的训练。他为我国的乒乓球事业，做出了杰出的贡献。

　　1963年秋，由于工作的需要，组织上派他到北京队执教，他没和任何人商量，就愉快地服从了。到了新的岗位，他兢兢业业地工作。为带好队员，干脆住在运动队，每天清晨五点半起床，六点半就来到训练馆，带领队员出早操。从辅导队员到打扫卫生，从做示范动作到给小队员当陪练，他不停地忙碌着。

　　他不善辞令，沉默寡言，内心却有火一样的热情。群众来信向他询问如何打球，他每信必复。边防战士希望有一块好球拍，他买到后装在木匣里寄去。

　　"文化大革命"开始后，训练比赛一律停止，整天扫"四旧"，揪斗"走资派"，打派仗，姜永宁感到非常困惑，更加沉默无语。随着运动的深入，造反派把矛头指向有海外关系的人。尤其是傅其芳死后，有人几次要他揭发交代与傅其芳的关系。有一次，他无意中跟人说："听说傅其芳上吊的时候把绳子勒在耳朵后，那样死不伸舌头，样子也不难看。"当时人们没有在意，只觉得他很紧张。那天他回到家里，翻箱倒柜地把书信和笔记本之类的东西整理出来，撕了烧掉，搞得满屋是烟。烟从窗户飘出去，被人看到汇报了上去。造反派认为他是在毁灭"罪证"，于是更大的迫害向他扑来。

1968年5月10日，造反派宣布对姜永宁实行隔离审查，把他关在先农坛体育场后面的宿舍里，并立即去抄他的家。在搜罗出来的一大堆照片中，有人发现姜永宁年轻时拍的一张照片衣服上有一个太阳旗，于是如获至宝，欣喜万分。

第二天，先农坛大院里贴出了一张爆炸性的大字报：《揪出日本大汉奸姜永宁》，说"姜永宁四十年代就是日本大汉奸，解放后他迫不及待地回来，这一切都值得革命群众深思……"证据就是那张照片。

一连数天，造反派威逼姜永宁承认是"日本汉奸、特务"。他一再解释："当时香港沦陷，买的衣服好些都印有太阳旗，我是照着玩的，我和日本人没有任何来往。"造反派说他在"铁证如山"面前还想狡赖，抄起棍棒，劈头盖脸就是一顿毒打，打得他倒在地上乱滚。这天晚上，伤痕累累的姜永宁不知道是怎样度过他人生最后一个夜晚的。

5月16日清晨，他仍把造反派勒令他打扫的厕所擦洗得干干净净。有人见他鼻青脸肿，同情地问他："他们打你了？"姜永宁摇摇头，不敢说挨打。在没有人的时候，他独自走上了四楼的一个房间……

后来，造反派发现姜永宁失踪了，到处寻找，最后在四楼的一个房间里看见他吊在窗口，已经断了气，那绳子真像他说的是勒在耳后……

容国团黎明时死去

　　在姜永宁上吊身亡后一个月零四天，6月20日，国家体委又传出了一个惊人的消息：容国团自杀了！当时听成"荣高棠自杀了"。一则是这两个名字听起来很容易混淆，二则是在我们的印象中，容国团不可能走绝路，因为他出身好，人缘也不错，没有受到冲击，更没有像傅其芳、姜永宁那样被隔离，遭到批斗和毒打。而荣高棠则一开始就被揪了出来，受尽折磨，在数不清的批斗会上，造反派常常把他打翻在地，踩上一只脚，像《湖南农民运动考察报告》中所述农民斗争土豪劣绅的样子，踩得他连气也喘不过来。晚上还用强灯光照射，不让他睡觉。当时许多老干部就是这样受尽摧残而被逼致死的。

　　后来弄明白是刚过而立之年的世界冠军容国团自杀了，体育系统上下越发为之震惊。

　　容国团的爱人黄秀珍也万万没有想到会出这样的事。她在回忆当时的情景时说："6月19日这天，实际上他已经决定要走了，但我不知道，要是知道的话，怎么也不会让他一个人在家啊，我一定会跟着他。前一天是训练局全体人员下乡割麦子，就在那天，张燮林被造反派隔离审查，没让去劳动。当时'5·12'命令已下达一个多月，军管会还没有进来，两派揪来斗去，乱得很。国团比较紧张，他对我说，下面就该轮到我了。我说我们自己心里清楚，没有什么事，让他们去审查好了。他说我跟张燮林他们不一样，是从香港回来的，有些问题很难说清楚。他情绪低落，劳动的时候跟我们少体校的人在一起，乒乓球队的一些人都不太理他了。

"劳动回来后他显得很疲惫,说今天要在家休息,我上班去了。实际上他是下午出去的,后来听郑敏之说,那天看见他在冷冷清清的乒乓球房里从一楼到四楼默默地看了一遍,还有人碰见他到了常练健美的练习馆,那根上吊的绳子就是举重室里系哑铃的练功带。我晚上五点钟下班,远远地就看到他在单元门口等我,这是从来没有过的。晚饭后,他要看看女儿劲秋,我就把寄养在邻居大妈家的女儿接回来。孩子刚一岁半,长得跟他一模一样,他特别喜欢,紧紧地把她抱在怀里,不断地亲着孩子的小脸蛋,让孩子叫爸爸。不知怎么搞的,孩子就是不肯叫。我对他说,今天晚上训练局召开'三反一粉碎'大会,我们一起去吧!他说不去了,想轻轻松松。

"我把劲秋送回大妈家以后,就一个人到训练局食堂参加大会。我坐在最后一排,总是有点心神不定,听了一会儿就溜出来,跑回家叫他一块儿去参加大会。家中老父亲说,亚团(家人对国团的称呼)出去了,我又回去参加会,等到晚上十点多大会散了,我回到家里,发现他还没回来。过去他从没有这么晚不回家的,我到几个他可能去的人家找过,没有找到,心里就急了,立即跑到乒乓球队去问,是不是造反派把他关了起来。听说没有,我更加慌了!他的队友郭仲恭、郤恩庭、梁友能、胡炳权等一帮人,急忙到附近的龙潭湖去找。深夜一两点钟还是不见人影,这是我一生中永远难忘的惊恐万状的不眠之夜。我抱着一线希望,但愿天亮以后他会从哪个朋友家里突然回来。不幸的是,他永远没有再回来……

"那天晚上,郭仲恭他们骑着自行车找遍了龙潭湖,向湖边的树丛里大声呼喊：'容国团，你在哪儿啊？'夜深人静，喊声格外凄厉，空气就像凝固了一样。到了凌晨近三点钟，他们才精疲力竭地回到宿舍。大家心神不安，哪里还能睡得着觉！

"6月20日凌晨四点半左右，乒乓球队接到派出所电话：你们赶快来人！龙潭湖东边约两里地的养鸭场边上有人上吊，可能就是容国团。因为在到处找不到人的情况下，乒乓球队向派出所报告了容国团失踪的事。养鸭场的守夜人清晨起来解手时发现了这一情况，赶紧向派出所报了案。郭仲恭等人闻讯立即赶去，天还是黑蒙蒙的，四周看不太清楚，等到跟前一看，果真是穿着短袖衫和运动裤的容国团吊在一棵榆树上。又是郭仲恭第一个上前抱住他的身体，把他托起来，让同伴设法解开绳结，但那是打的'水手结'，无法解开。后来还是派出所的同志用刀子割断了绳子，才将他放到地上。

"容国团直挺挺地躺在地上，虽然躯体还没有完全僵冷，但已经断了气息。在他的裤子口袋里发现有一个小红本，还有劳动时残存的麦粒。在晨色熹微中，看到本子上写着字，派出所的同志便收了起来。队友们都悲痛地哭了，他们后悔，当时在寻找他的时候，如果跨过湖边这座桥，往前再走一点，就可能把他找回去。"

庄则栋坦诚地说，在最苦闷的时候，想起过他们。在他准备上吊时，冥冥中他的教练傅其芳、姜永宁和师兄容国团仿佛都向他走来，仿佛在向他招手。他拿起绳子，登上凳子，将绳子套进脖子。幸运的是他没有成为乒乓球界的第四个鬼魂。他被及时救下，活了下来。

他和他的前辈们同样面对死亡,但大背景是不同的。他的三位前辈是被"文革"迫害而死,是用死来证明自己的清白。这种死,犹如老舍投湖自杀,"身本洁来还洁去",以死抗争,以死自卫。而当时庄则栋如果死了,也是白死,也许还会落个"畏罪自杀"的不光彩之名。

庄则栋最怕触及这段往事,他感叹道:"人到了最困苦时,走投无路,就犯糊涂了。不堪回首,不堪回首啊……"

自杀未遂,绝对是庄则栋的侥幸。如果1977年就结束了生命,那他就不会有机会去忏悔,更没有后来的精彩人生了。

五、婚 姻 之 船

有一天,体委政治部领导给我一封信,是庄则栋的妻子鲍蕙荞写给庄则栋的。当时庄则栋被隔离审查,一切信件都得通过专案组。

这是一封非常感人的信,是鲍蕙荞流着泪写的。眼泪把信上的字洇湿一片,字迹模糊不清了,又重写一段,湿几行,重写几行。这封泪痕斑斑的信,主要的意思是劝导庄则栋交代问题、说清问题。如果需要什么材料,她可以在家找,把它送去。只要庄则栋把问题交代清楚了,无论将来到天涯海角,她都会跟他去的。有几句话,让我记忆深刻:"我能与你共荣华,也能与你共患难。"真情真心真泪,读了之后,深为鲍蕙荞的真情所打动。

"小资味太浓了!"政治部的领导对鲍蕙荞的信大不以为然。

当我将信还给他时,我说:"她不用这种真情怎么感动得了庄则栋呢?"

鲍蕙荞,这位部长夫人,我只远观过。人长得俊俏,是一位气质高雅的女钢琴家。读了此信,我更觉得她是一位知书达理的贤惠女人。她与我的画家朋友何韵兰是至交。在艺术气质和人格魅力上,确有许多相似的地方。这

年轻时的庄则栋和鲍蕙荞

就应了中国的一句老话,"人以群分"。

因为何韵兰之故,在鲍蕙荞离异后,我曾去过鲍蕙荞位于东单的家。也是第一次见到了她带着一儿一女两个孩子艰难度日的情景。

对于庄则栋与鲍蕙荞的婚恋故事,我早有耳闻。二十世纪六十年代初,我是中国乒乓球队的"常客"。荣高棠带领一拨干部在队里蹲点,亲自指挥一个个大赛,并总结经验,提出了"从零开始"的口号。我是随队记者,及时在报刊上将球队的业绩和精神加以宣传和推广。那时,对运动员的恋爱,管理是很严的。口号是"迟恋爱,晚结婚"。尤其对像庄则栋这些体育尖子,管控更严。谈恋爱,交女朋友,要跟队里汇报,要得到队里批准。万一因为谈情说爱影响了成绩,损害祖国荣誉,那可是天大的事。

资深乒乓老人庄家富,与我同住龙潭西湖宅院。中午打饭时常碰面。听说我在写庄则栋,他说:"有一件事你肯定不知道。"不等我问,便道破,"1959年,我们参加在奥地利维也纳举行的世界青年联欢节,鲍蕙荞常看我们练球,向女队员胡克明打听庄则栋的情况,从那时起,她就有意于庄则栋。"庄家富认为,鲍庄的情爱最初是在维也纳萌发的。庄家富还说,从那以后,鲍蕙荞常来看我们打球,我们都明白,其实她是来看庄则栋的。

二十世纪六十年代初,中国乒乓球队领队曾给我看过鲍蕙荞写给庄则栋的一封信。详细的内容,我已记不清了。但信中有她批评庄则栋吃东西浪费的事,说他吃西瓜,不吃干净就扔了,希望他改正!要珍惜农民的劳动成果,养成艰苦朴素的良好习惯。当时我想,鲍蕙荞比庄则栋成熟,写此内容,也让队领导了解她的人品,有个好印象。

鲍蕙荞与庄则栋同年出生,长庄则栋几个月。她的父亲是一位电力学家。她十三岁进入中央音乐学院附中,十七岁被保送到中央音乐学院钢琴系。1959年,她参加维也纳第七届世界青年联欢节,结识了庄则栋。1960年,她二十岁时便在埃涅斯库国际钢琴比赛中获奖。而庄则栋少年时就多次夺冠,在1961年,二十一岁时,已是男子单打世界冠军,名扬四海。庄则栋又长得英俊、潇洒、帅气。可以说这是天生的一对,是"金童玉女",他们的结合,无人不羡慕。而鲍蕙荞在那个"祖国荣誉高于一切"的年代,为了事业,也一直不谈婚论嫁。她与庄则栋相爱八年,直到1968年1月20日,才在中央音乐学院一间十六平方米的宿舍里结了婚。

"如果没有'文革',可能还结不成婚。从1966年开始,我不能弹琴了,他也不能打球了,运动员大楼贴满大字报。我决定和他结婚,希望能给他一点安慰和支持。"鲍蕙荞在后来的回忆中,曾这么说。

美满的婚姻,没有坚持多长时间,中国大地就动荡起来了。"文化大革命"触及每一个角落,触及每一个人。庄则栋、鲍蕙荞的婚姻港湾再也无法平静。他们无法躲开"文革"的风风雨雨,形势急骤恶化。鲍蕙荞的父亲被打成"反动权威",隔离审查。庄则栋则因反对批斗国家体委副主任荣高棠,成了"保皇派",成了"修正主义苗子"。造反派把他抓走又批又斗,还剃了阴阳头。他说了一句:"红卫兵剪人家头发,怎么不去剪毛主席头发。"结果被挂上"现行反革命"的牌子挨批斗。在庄则栋被批斗的三个月里,教练傅其芳、姜永宁和队友容国团,因受不了羞辱相继自杀身亡。

这时鲍蕙荞已有身孕,她担心庄则栋的安危,她劝庄则栋:"你一定要挺住,千万不能有别的想法,你要想到我和未出生的孩子。"

就这样,庄则栋与鲍蕙荞的婚姻,经受住了第一个风浪的考验。婚姻的小船,在时代的风浪中前行。

记不清是哪一年了,大概是二十世纪八十年代末或九十年代初,那时他们已离异,画友何韵兰给我打来电话,说:"鲍蕙荞分了房子,你有车,陪她去看看吧!"

老友有托，我自然遵命。

鲍蕙荞新分的房子，在城北离市中心较远。这是一个新落成的小区，一色二十多层的高楼。

不凑巧的是那天偏偏停电。爬二十多层楼，行吗？我犯难地看看眼前这位"娇贵"的女钢琴家。

鲍蕙荞通情达理地征询我的意见。

"你想爬，我就陪你上。"我说。

"那既来之就上吧！"鲍蕙荞说。

上下二十多层，加到一块儿，就是四十多层。慢慢爬吧！爬几层，我们就站下来喘息一会儿，边爬边息，边息边聊，这是一个最放松的闲聊的机会。

对她与庄则栋的离异，社会上猜测纷纷。为什么这么美满的一对儿会断然分手？有的说是庄则栋提出离的，也有的说是鲍蕙荞提出分手的。还有的说，庄则栋倒霉了，鲍蕙荞才弃他而去……

离婚这种事，一般讳莫如深，不敢轻易触及。但那天在这种边爬楼梯边聊天的特殊时刻，我将这些传言，一股脑儿地都告诉了她，想从她这里知道事情的真相。

鲍蕙荞不忌讳这个话题，对我说了实话。

"在他得意时，我就想跟他分手……"她说。

"1974年，庄则栋青云直上，步入了仕途。他当上了中央委员，又当上了体委主任，但我对这些东西不感兴趣。我觉得他不是搞政治的料。最可怕的是他人变了，我最珍惜、最喜欢的东西在他身上没有了，而我不喜欢的东西越来越多。"

婚姻之船

庄则栋与日本朋友星野相逢

　　她最早发现庄则栋身上官气十足，是在她生女儿的时候。当她躺在妇产医院待产时，她多么希望丈夫能守在自己身边啊。盼啊盼的，盼到了下午，庄则栋来了，背着双手，到病房里走了一圈，身边还跟着秘书，说："我要会见外宾。"说完就走了。望着庄则栋离去的背影，鲍蕙荞的心凉了。当年那个知冷知热、纯朴真诚的庄则栋哪里去了呢？她怀念过去，遗憾当今，爱情有了裂痕。

　　"我们分手的真正原因是政治分歧。庄则栋当官后，紧跟江青，紧跟'四人帮'，上了江青的那条船不愿下来。而且

庄则栋与日本朋友木村相逢

也要把我拉过去，他以为那条船最安全。因为庄则栋的关系，江青将我从干校调到中央乐团，我也曾对她有过好感。但后来，我越来越反感她。我一再提醒庄则栋，跟江青保持距离，要靠近周总理。但他听不进去，认为跟'第一夫人'政治上最安全。我跟庄则栋的分歧，其实就是在对待周总理的态度上。"

庄则栋在后来的回忆中，也证实了这一点。他说："鲍蕙荞千方百计地要把我拉到她的'安全岛'上去，我则想把她拉到我的'安全岛'上来。于是我们有了分歧。就像拔河一样，各执一方地相持着。"

婚姻之船

1976年10月,"四人帮"被粉碎,庄则栋被隔离审查达四年之久。

这时的鲍蕙荞内外交困,她的父亲患脑癌去世,她自己也得了严重的甲亢。

"既然婚姻出现了大裂痕,你对庄则栋已失去爱,那为什么不马上离婚呢?"在高楼二十多层停留休息时,我直截了当地问她。

"我和庄则栋都是社会人物,我不能在他倒霉的时候跟他离婚,那样社会影响不好,做人也不能那么做。不是出于爱情,而是出于一种道义责任。"鲍蕙荞如此解释。

刚粉碎"四人帮",庄则栋恐慌不已之时,鲍蕙荞曾对庄则栋冷静地说:"你要有思想准备,接受党和人民的审查。你得意时我真想离开你……眼下我不会离开你,老人和孩子我会照顾的,今后你被关起来,需要什么东西,我来给你送。"

在庄则栋被隔离审查的几年时间里,鲍蕙荞一直是按照自己的承诺去做的,送衣送物、写信、探望。一个妻子该做的,她都做了;该尽的责任,她都尽了。

二十世纪八十年代中期,庄则栋从山西回到北京,到北京市少年宫任教。

鲍蕙荞说:"庄则栋回到家,渴望我给他这些年失去夫妻生活的弥补。可我的心凉了,没了感觉。他重新回到社会,已站立起来,该到我们分手的时候了。"

这对感情出现巨大裂痕而又无法弥合的夫妻,走到了婚姻的尽头。1985年2月2日,他们办理了离婚手续。

"当我们签完字,庄则栋就走了。而我则站在原地一动没动,怀着一种复杂的心情……"鲍蕙荞这么对我感叹。

关于分手，他和她在日后的回忆录或答记者问中，都有各自的表述。

庄则栋说："我们之间进行了坦率、真诚的交谈，也进一步地进行了解和容忍，但终究我们还是分手了。我弃业从政是历史的误会，和鲍蕙荞的离异是天大的误会。两个人能互相了解，实在不容易。尤其男人了解女人更难。粉碎'四人帮'以后，鲍蕙荞曾诚恳地说，'你得意时我真想离开你，可是，在你困难时，我不会离开你……'在我心中，鲍蕙荞永远是善良、仁慈、温柔、可爱的，我珍惜我们曾拥有过的幸福时光。"

鲍蕙荞说："分手不是一个人的错，我也有伤害他的地方。他出来后，很努力地修复关系，但我没同意。现在想想，我也觉得很内疚。一对夫妻走到分手的地步，是互相伤害的结果。"

在接受一家日本电视台采访时，她把家庭比作浪涛中的一只小木船，她说："我的家庭是一只小木船，在漩涡里旋旋旋，最终虽然没有沉没，又旋出水面，但船上的一切东西都和从前的不一样了，不可能再回到原来的位置。"

在高楼二十多层朝北的几间空荡的房间里，鲍蕙荞在毛坯房里走了几个来回。她说，是北京市领导照顾她的。那时她身体已经比较虚弱，正在接受气功治疗。她在一间房里站定，说约好时间接受功气师的发功，让我在一旁等一下。我是不信这种疗法的，但我理解一个病者求医的心情。信了，也许就有效。我走到凉台，眺望城市远景，心里想，这房子朝向差了点。但顶层也有个好处，她弹琴时不至于影响邻里。

自从那次看房分手后，直到如今我再也未见过她。但我一直在关注着她。

在报刊和网络上，我看过她对人生、对婚姻一些颇具哲理的反思。

她说："我不觉得自己是成功的女人。女人的成功有好多种，比如，有的女人没有什么事业，却培养出一个优秀的孩子。婚姻美满幸福，也是一种成功。我投入到事业的精力太多，对孩子有着很多亏欠，对生活也有很多遗憾。""生活无法重新选择，很多时候不是一个人选择了什么样的生活，而是某种生活选择了一个人。不管你多么不愿意，可生活逼着你往某个方向走，逼着你走了第一步又必须走第二步，一直走到最后。"她非常赞同"性格决定命运"这句话。她说："我经常想，如果我小鸟依人一些，不这么要强，我会活得比较舒适。但那也可能有另一种结果，就是在那些充满磨难的日子里，我也许会因为不够坚强而垮掉了。任何一种东西都会有两面性，每个人有每个人的命运，我的人生碰巧赶上了一些坎坷，但我都扛过去了。事后别人看以为我很坚强，可事实上，如果有可能，谁也不愿意选择坎坷的生活，特别是女人。"她感叹，"庄则栋是我人生中永远抹不去的一个影子，一个难忘的记忆"。

鲍蕙荞钢琴城开张了，她教授钢琴，她出版教材，她带学生领奖，她出版回忆录，她当选中国音乐家协会副主席……她没有再婚，送走了老人，养育两个孩子成人。她患病……她不知历经了多少人间磨难，闯过了一关又一关，她走出了浓重的阴影。当然，她也七十三岁了，老了，但她活出了精彩。

她用她的人格魅力感染着我、感动着我。

与鲍蕙荞分手后，庄则栋陷入了孤独的苦闷中。在一个中秋之夜，他写了一首自嘲的打油诗：

四十五，光棍苦，粗茶淡饭没人煮；

光棍苦，四十五，升沉起伏灌糊涂。

四十五，光棍苦，裤子破了贴胶布。

光棍苦，四十五，人逢节喜我心堵。

　　正在庄则栋声声悲叹光棍苦之时，一个日本女子含情脉脉地向他走来。她叫佐佐木敦子。

　　佐佐木敦子1941年出生在中国沈阳。从小跟随身为援华畜牧专家的父亲佐佐木芳吉在中国生活。父亲1962年病故兰州后，1967年她随母亲返回日本。她对中国情有独钟。她是庄则栋的一位异国女粉丝。1971年第31届世界乒乓球锦标赛时，她与女友跑到名古屋藤久观光旅店见过庄则栋。她一直惦念着心中的偶像。时隔十五年之后，她终于又见到了落难的庄则栋。她深深地同情他。从崇敬到同情，最后萌生了爱情。而这时的庄则栋正处于人生的低谷，渴望冲破苦闷与孤独。按理说，他们的婚姻应该不会有悬念了。但由于庄则栋曾经是中共中央委员、共和国的部长，他掌握过国家的机密，按有关规定，他不能出国。

庄则栋、佐佐木敦子合写的书

婚姻之船

相恋、相爱、相守

他们四处奔走，八方求救，最后惊动了邓小平，有情人终成眷属。但有一个条件，佐佐木敦子必须放弃日本国籍，加入中国国籍。为此，庄则栋和佐佐木敦子合写了一本书，书名就叫《邓小平批准我们结婚》。

　　一桩婚姻，需要邓小平亲自批准，也就庄则栋才有此荣幸。

　　庄则栋与佐佐木敦子从相识到相知到相爱的坎坷经历，他们幸福、甜蜜的生活，在《邓小平批准我们结婚》那本长达三十多万字的书中，已有详尽描述。我不需赘言。但独身不嫁的鲍蕙荞与庄则栋、佐佐木敦子之间发生的种种故事，却使我感慨良多,而且为之深深打动。

儿子庄飙的三十岁生日,使鲍蕙荞与庄则栋的新家庭走到一块儿。本来说好的,庄飙找些朋友跟鲍蕙荞一起过,但临近生日时庄飙为难地对鲍蕙荞说:"爸爸也要给我过生日,怎么办呢?"鲍蕙荞不想让孩子在中间作难,便说:"没关系,大家一起过吧!"

对于这第一次相聚,庄则栋有记载:"有一天,我儿子庄飙过三十岁生日,他说他来安排。后来,我们俩都去了饭店。鲍蕙荞也去了。那天是她们俩第一次见面。鲍蕙荞很大方地说,初次见面,请多关照。佐佐木敦子则说,久仰你的大名。然后两个人开始握手。佐佐木敦子还揭发说,一起坐着吃饭的时候,庄则栋刚开始还不太好意思,他说敦子你坐鲍蕙荞旁边,我坐你旁边。佐佐木敦子让我坐到她们两个人中间。鲍蕙荞说你就大大方方坐到我们中间好了,有什么关系。简单的一句话,使这个尴尬的场面一下子就打开了。从此以后,每逢过节的时候,我们都会在一起聚会。"

对于这种聚会,记者曾问过鲍蕙荞,眼见曾与自己相濡以沫的男人陪在另一个女人身边,真的心静如水?鲍蕙荞说,真的没有感觉了,二十年了,时间是可以改变一切的。

每每得悉鲍蕙荞与庄则栋一家相聚的消息时,我总会想,是什么使他们各过自己的生活,但又能时不时相聚在一起呢?孩子应该是黏合剂,因为孩子身上流淌着鲍蕙荞与庄则栋的血液。血浓于水,亲情是永远不会消失的。正如鲍蕙荞曾在分手时对庄则栋说的,"两个孩子是永远属于我们俩的"。而两位女性的善良豁达,才有"不成夫妻仍为朋友"的美好结局。

六、人生是一个圆

二十世纪八十年代初,有一天我与庄则栋在中国画研究院院长刘勃舒家邂逅,他很直白地说:"我的结论下来了,敌我矛盾(其实正式结论定的是犯严重错误),但按人民内部矛盾处理,开除党籍。"

有了结论,好像了却了一件大事,他的心情显得很轻松。

是啊,隔离审查了四年,又被派往山西工作了四年,这个结论来得不容易呀!

据知情人说,对庄则栋的结论,有争议。一种意见认为,庄则栋跟于会泳、刘庆棠这些"四人帮"的亲信一样是江青的宠臣,是敌我矛盾,应该判刑,送监狱。而另一种意见则认为,庄则栋是运动员出身,历史上有功,只要有认识,可以从轻处理。当时的国家体委主任王猛,就持后一种态度。他认为,庄则栋本质是好的,对中国的乒乓球事业有过杰出的贡献,年轻人犯错误有客观因素,他本人也是受害者,应该给予重新开始的机会。但当时难以达成一致意见,于是王猛采取了冷处理的办法,这便是庄则栋审查结论迟迟未定

2007年2月15日,庄则栋在鲁光家做客

的原因。后来,通过党组会议讨论决定:庄则栋犯有严重错误,但按人民内部矛盾处理,解除隔离审查,派往山西太原从事乒乓球教练工作。

当今官员退休,常调侃"裸退"。庄则栋这回是"裸撤",党员、部长……一切都撤掉了。用乒乓球队的话说,他真正是"从零"开始了。

从天上掉到人间,从高层回归底层。后来,庄则栋曾在博客中写道:"年岁大的同志和朋友,都知道我的一生逆境多于顺境,失败多于成功。人的适应能力是很强的。我从高山落入

剑者国之神
胆为球之魂

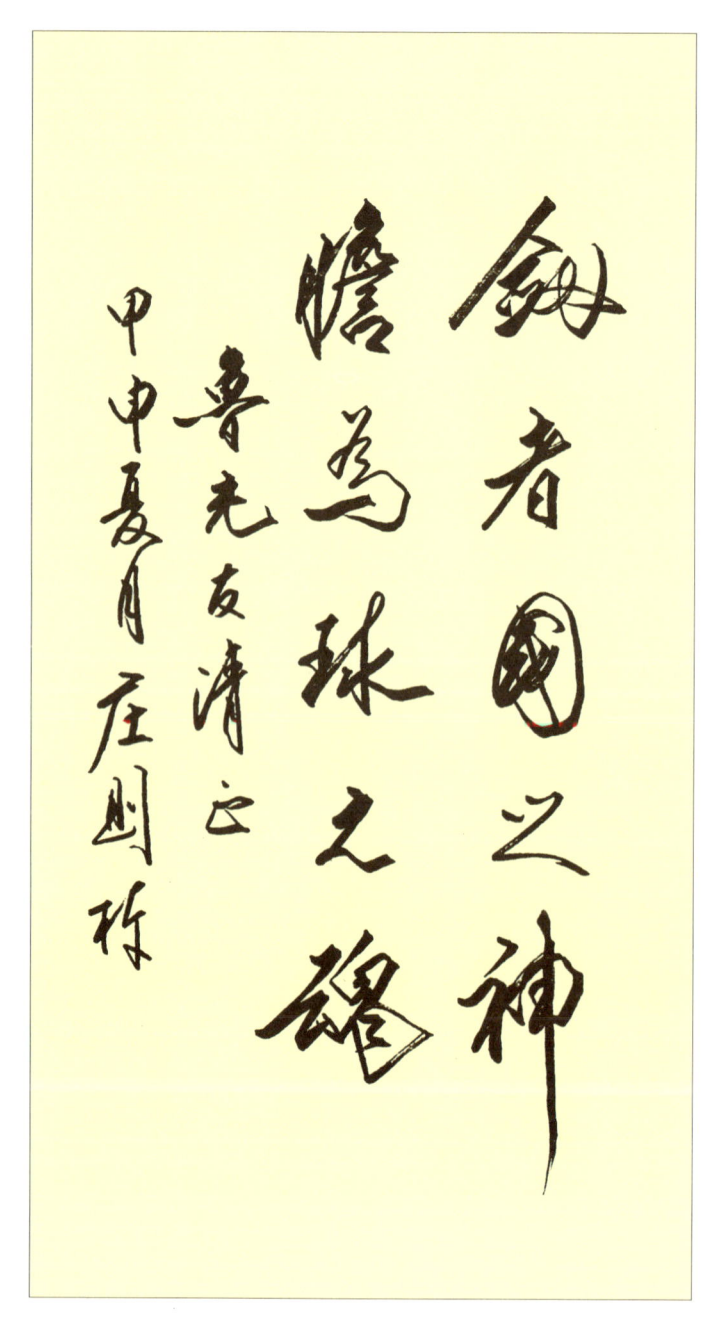

鲁光友清正
甲申夏月 庄则栋

庄则栋写给好友鲁光的条幅

永远离不开的乒乓球

谷底，就犹如瀑布从山上跌落下来并没有自暴自弃，而是回到了大地的怀抱，开始了它的新生。"

1980年，在体委两位同志的护送下，庄则栋踏上了去山西执教的道路。他瞅瞅两位护送的同志，感到无话可说。他默想，"从今往后，我要走的是一条忏悔和赎回过失的路。"

1981年8月，王猛在国家体委这个被"四人帮"插手的"重灾区"又工作了两年之后，完成了党中央赋予他的历史重任，离开体委，调到广州军区任政委，继续他钟情的军旅生涯。

此时，李梦华出任国家体委主任。他到山西开会时，特地去看望了庄则栋。这位老主任对运动员，包括犯了错误的庄则栋

庄则栋与蔡振华交谈

都是非常关心的。他常说:"这是我们自己培养出来的运动员。"当李梦华会见山西省委书记时,他的秘书郭敏与庄则栋在外屋聊天。庄则栋感慨万千,说:"搞政治,我是小学生;搞乒乓球,我是大学生。跌了这一跤后,我再也不从政、不问政治了……"郭敏说:"在当今社会,不问政治是不可能的。"

实际上,仅从打乒乓球的技术来说,庄则栋何止是大学生水平!他堪称是研究生、博士生。当然,从政是不可能了,但不问政治也不可能。他到处讲"乒乓外交",不就是政治吗?只不过是一朝被蛇咬,永远怕井绳罢了。

在山西,他发挥了乒乓球特长,传授技艺,与队友合写了一本《闯与创》的书,度过了孤独而又充实的四年。1984年,他回到北京,到北京市少年宫当教练。这里是他成长的地方。从这里,他进入国家乒乓球队,开始了运动员生涯的辉煌时期。经历了政治跌宕之后,如今他又回来了。人生真是一个圆,从哪里来又回到哪里去。

一个过惯了饭来张口、衣来伸手的运动员、教练员,一个曾经车前马后、前呼后拥的部长,突然需要自己料理一切生活的琐事,着实让庄则栋有一阵子不习惯。尽管日本妻子学了厨艺,负责做饭的事,但买菜的任务落到了他身上。他一进菜市场,就晕头转向,不知买什么好。他照着妻子开的菜单,买回去的萝卜是糠的,西红柿是捂红的,黄瓜是蔫的,而且从不讨价还价。人们说,不讲价是傻瓜。可他磨不开面子,人家要多少钱就给多少钱。后来有一位买菜的人,也是当年他的粉丝认出了他,教他讲价,教他挑选新鲜菜……渐渐地,他成了一位买菜的"老手"。不过,他只买普通的蔬菜,鱼、肉、鸡、鸭之类,他舍不得掏钱。因为,口袋里钱不多,要省着花。偶尔买一次,还要受到妻子的嗔怪。

庄则栋回归平民百姓，真正成了食人间烟火的普通市民。在北京市少年宫，一干就是十几年，直至退休。由于工作出色，1994年北京市人民政府、北京市教育局授予他特级教师的光荣称号。

他除了教孩子们打球之外，还与别人合办过乒乓球俱乐部，甚至经过商。但他的脑子里依然只有乒乓球——中近台两边攻。他以为当今乒乓球界不重视这种打法，逢人便说，每到一地就宣传推广他的最新研究战果——"加速制动"。

大约是1993年，在古城西安，庄则栋夫妇去参加中国体育博览会。在一次"百饺宴"上，庄则栋大谈他正在研究的中近台快攻新打法。其理论依据是少年习武时的一句行话，"先下手为强，后下手遭殃"。席间谈到体育界退伍后经商成功的体育明星李宁。坐在我一旁的佐佐木敦子指指庄则栋，说："他呀脑子里除了乒乓球就没有别的。干什么都不行，但一说起乒乓球来，就滔滔不绝。"

是的，庄则栋离不开乒乓球，极想回归乒乓球队伍，回归乒乓球界。他已离开乒乓球队伍太久了。自从步入政坛之后，他伤害了许多昔日同甘共苦的队友。乒乓球界有什么活动，都把他忽略了。或者说是有意冷淡他。2002年初，庄则栋准备在北京大钟寺附近的一所小学成立庄则栋、邱钟惠乒乓球俱乐部时，邱钟慧建议他与老队友们重修旧好。儿子庄飙也诘问他，俱乐部揭幕仪式上，不请当年的队友们来吗？徐伯伯、李叔叔他们？庄则栋一时语塞，沉默不语。经过再三思考，他终于写了一封信，向队友们承认错误，请求队友们的原谅。

中国乒协徐寅生、李富荣等各位领导：

你们好！憋在心中多年的话，由于种种原因……借"北京庄则栋国际乒乓球俱乐部"在10月举行揭牌仪式之际，我真诚的欢迎、期待着你们的光临。

过去我们是战友，为祖国的乒乓事业，做出了开创性的贡献。由于我在文革中犯了错误，伤害了我们之间的感情，经过这么多年的风风雨雨，回头看去深感遗憾。我希望把我们之间的隔阂结束在上一世纪，对历史也有个积极地交待。

新世纪开始了，我们已是花甲之年，在我们有生之年，将继续为祖国的乒乓事业，为人民的健康再做点儿力所能及的工作。"渡尽劫波兄弟在，相逢一笑泯恩仇"。在今后的工作中还请给予指导和支持。

顺致

真诚的敬意！

庄则栋

2002年9月6日于京

解铃还须系铃人。

看到这封真诚的信，队友们原谅了他。

庄则栋、邱钟惠乒乓球俱乐部揭牌仪式上，徐寅生这位曾出任过国际乒乓球联合会主席、国家体委副主任的重量级人物，李富荣这位与他多年并肩作战为祖国争得殊荣，又出任过国家体育总局副局长、中国乒乓球协会

中国乒协 徐寅生、李富荣等各位领导：

　　你们好！憋在心中多年的话，由于种种原因……，借《北京庄则栋国际乒乓球俱乐部》在10月举行揭牌仪式之际，我真诚的欢迎、期待着你们的光临。

　　过去我们是战友，为祖国的乒乓事业做出了开创性的贡献。由于我在文革中犯了错误，伤害了我们之间的友情。经过这么多年的风"雨"，回头看去深志遗憾。我希望把我们之间的隔阂结束在上一世纪，对历史也有个积极地交待。

　　新世纪开始了，我们已是花甲之年，在我们有生之年，将继续为祖国的乒乓事业、为人民的健康再做尽心力比能及的工作。"渡尽劫波兄弟在，相逢一笑泯恩仇"。在今后的工作中还请给予指导和支持。

　　　　　　　　　　　　　　　　　　　顺致

真诚的敬意！

　　　　　　　　　　　　　　　　　　　庄则栋
　　　　　　　　　　　　　　　　　2002年9月6日于京

庄则栋写给徐寅生、李富荣
的信

一笑泯恩仇。庄则栋与昔日队友李富荣

主席的重量级人物，还有队友张燮林等乒乓球界元老名将，都到场祝贺。他们相隔多年之后的握手，成为开幕式，不，成为中国乒乓球界的闪光点。

　　庄则栋请我去过他的乒乓球俱乐部。在那儿，我与俱乐部成员打过球。对手惊叹我的球技不同寻常。庄则栋向他们介绍："鲁光当年在国家队蹲过点，球技自然不一般。"在他的办公室堆满了他的新书《邓小平批准我们结婚》。常有球迷敲门进来购书，求他签名，有的还拿来新球拍，请他签名留念。我觉得，庄则栋又有了自己的事业，又寻找到了自己新的快乐。

人生是一个圆

左起庄则栋、徐寅生、张燮林

左起庄则栋、李富荣、张燮林

北京庄则栋、邱钟惠国际乒乓球俱乐部揭牌仪式

庄则栋与邱钟惠在俱乐部揭牌仪式上

他举办了全国少年宫乒乓球"如意杯"比赛，自己下基层辅导少儿打球，足迹遍及一百七十多个城市，为乒乓球事业的发展贡献出了自己的一切。他用自己的真诚、自己的使命感，回归乒乓球队伍，回归乒乓球界。

从此，凡是乒乓球界的重大活动，再不会有庄则栋的缺席。徐寅生七十大寿时，庄则栋赶去苏州出席祝寿宴，并即席清唱了一段京戏，为老友助兴。

此后，在第26届世乒赛五十周年、中美乒乓外交四十周年、中国乒坛辉煌五十载荣誉揭牌仪式等许多乒乓球界的重大活动中，都活跃着庄则栋的身影。在日本名古屋举行的乒乓外

言传身教，关心下一代成长

中国乒乓球的功臣。左起：王志良、庄则栋、徐寅生、李富荣、张燮林

徐寅生七十大寿，庄则栋一展歌喉为老友助兴

交四十周年庆祝活动中，他抱病前去。并带去了一些在家写好的书法作品赠送给朋友。还在机场做俯卧撑，一点也不忌讳向人讲述抗癌的经历。

2003年，东阳老家的妹妹徐爱萍给我来电话，诚邀庄则栋去东阳与中外球迷见面。

当时，妹妹的公司与一位美国商人有业务往来。而那位美国商人痴迷乒乓球。他知道中国有个乒乓球世界冠军叫庄则栋，

沉　浮　庄则栋

相聚在徐寅生七十大寿庆典上。左起：张燮林、庄则栋、徐寅生、李富荣

庄则栋、邱钟惠在东阳和球迷们在一起

曾为打开中美建交大门做出过贡献。

他问我妹妹:"中国的世界冠军庄则栋你认识吗?"

我妹妹告诉他,他是我哥的朋友。

美国商人惊喜不已,说:"能把他请来吗?我想见见他,跟他打打球……"

于是,妹妹不抱希望地给我打了个电话。

我给庄则栋一说,他非常愿意南行。由于当时他只拿体校普通教练员的工资,各种商务活动都不顺利,经济上较窘迫。

我对他说,你和当地的球迷们打打球,与当地的工人骑骑电动自行车,相应参加一点宣传活动,他们答应给一笔酬谢金。

沉　浮　庄　则　栋

莊則棟翰墨寄情

范曾題

庄则栋几乎是大声地叫了起来："太好了，我已经多年没有拿奖金了……"

过了两天，他又给我来电话，说："敦子说，你给鲁先生说说，叫他妹妹再多给一点点行吗？"

"当然，加一点点钱，成一桩美事，是不成问题的。"

初夏时节，我陪庄则栋飞杭州萧山机场，又坐两个小时汽车，下榻东阳的五星级酒店白云宾馆。

庄则栋的到来，轰动了东阳市，也轰动了我的老家永康市和中国小商品集散地义乌市。庄则栋的日程安排是一场球、一场报告、一次骑车漫游。

乒乓球联谊活动，安排在酒店大厅。闻讯想跟世界冠军交手的球迷蜂拥而至。当然第一个上场的是美国商人。他穿一身崭新的运动服，脚穿一双崭新的运动鞋，横握一块崭新的球拍。与世界冠军打球，这是他一生的荣幸。

"庄先生，您好。您的名气，在美国很大。今天能见到您，真没有想到。我太激动了，昨夜就兴奋得睡不好觉……"握手时，美国商人真诚地向庄则栋表达谢意。庄则栋也很有风度地向他表示感谢。

美国商人与庄则栋的交手，是无甚可说的。只见他头上冒汗，不停地捡球、摇头，不一会儿就笑着败下阵来。其实，对他来说，跟庄则栋见了面、交过手，就一切都满足了。

拿着球拍等待出场的人太多了。我妹妹过来问我，能上几个？怕庄则栋太累了。我问庄则栋，怎么办？庄则栋说："尽管上吧，能满足就满足，大家高兴就好。"

走马灯似的，一个接一个上场，每人打个三五板，多者十来板。庄则栋一身大汗，湿透了衣衫，几乎满足了所有持拍者。粗略估计，至少有三十多人。

庄则栋在大东和工人、球迷们在一起

电动车，是我妹妹工厂的新产品。庄则栋与当地的几十位工人、农民工一道，骑着崭新的车，在山道上飞驰，远远望去，颇为壮观。此时的庄则栋融入了百姓中，他高兴得不时挥手。

而报告厅则座无虚席。庄则栋讲中国乒乓球长盛不衰的辉煌，讲比赛中的轶事，讲与美国运动员科恩的交往，讲毛主席、周总理用小球推动地球改变世界的往事。会场时而鸦雀无声，时而掌声雷动。庄则栋的口才，在三十多年的数不清的演讲中练出来了，道理、细节、包袱，运用自如，可以称为一位演说家。

他带了许多本《邓小平批准我们结婚》签名送人，也签名

电动车上的庄则栋，风采依然

售书。还带了二十来幅自己的书法作品，送人或出售。人们说他没有架子，很随和、很随意。我觉得，他们看到的是一个历经磨难而重新回归百姓的传奇人物。

入夜之后，坐落在山野中的酒店，安静至极。听到的是流水声，见到的是洒进屋里的皎洁月光。一杯清茶，轻松闲聊，直至深夜，我们几乎无所不谈。他所经历的一切，得与失，成与败，苦与乐，甚至深藏不露的隐私……

几夜的长谈，让我更深入地了解了这位相识几十年的老朋友。他说："人生几百步几千步几万步，关键时就几步。一步走错了，就造成千古恨。"他的悔恨是真诚的，他的忏悔是发自内心的。一个人一生总会摔几个跟头。摔个跟头，买个明白，这个跟头就摔得值。

按理说，历史的那一页已经翻过去了。庄则栋的晚年，有温柔的日本爱妻陪伴，日子过得温馨、幸福。他在一本书中写道："如今，我和敦子一直住在北京，过着普通市民淡泊宁静而又美满幸福的生活。也许在一些人看来不起眼儿，但我心足矣。只有经历了海洋狂风巨浪的颠簸，才能真正体会到平静港湾的珍贵。"但每当想起自己在体委当政的那段时间、那段经历，就无法安宁，深深的负罪感在咬噬着他的心。他觉得最对不起的一个人就是他曾经的老领导——国家体委主任王猛。

当年他那么毫不留情地批斗王猛，几乎伤害了王猛的身体，但王猛却宽容大度，不计前嫌，还为他说好话，显示了老将军博大的政治胸怀。在北京电视台的节目访谈中，王猛谈到了庄则栋，他说："庄则栋本人应该说是好

一支毛笔伴晚年

佐佐木敦子是庄则栋晚年的
知音

相濡以沫，恩爱一生

佐佐木敦子与庄则栋形影不离

庄则栋与佐佐木敦子在上海参加植树

的，品质上是不坏的，对中国乒乓球事业做出了重要贡献。当时主要是江青、王洪文他们把他拉过去了。就是在拉过去的时候，他的表现也是比较好的。开始时，他主动提出要在会上给大家解释，证明我没有扣压江青、王洪文的批示，谁知当天晚上江青把他找去，给他交了底，要把我拉下马。结果第二天到了会场，他突然倒戈，而且指着我的名字要我自己交代。我当时就觉得他完全站过去了。年轻人毕竟没有经验，在复杂的政治斗争情况下难以把握。"

庄则栋也几次跟我提起王猛，他说："我攻击、伤害他那么厉害，他却宽容大度，坚持实事求是，还公开为我说好话……我得找个机会当面向他赔礼道歉。"他请王猛的秘书孙景立和当年核心组秘书王鼎华转交送给王猛的书，并表达请王猛给机会让他当面谢罪的意愿。

王猛豁达大度，收下了庄则栋送的书《邓小平批准我们结婚》，并告诉秘书，很愿意与庄则栋见一面。当时他正要南行广州，说好从广州回京后，安排这次见面。谁知这位年届

2006年夏,鲁光夫妇在老家山居接待庄则栋、邱钟惠

庄则栋与乒乓球女子单打世界冠军曹燕华

庄则栋夫妇与乒乓球女子单打世界冠军童玲、邓亚萍

八十八岁的老将军，不久就病故广州，庄则栋也永远失去了当面谢罪道歉的机会。

在"文化大革命"中，领袖在犯错误，时代在犯错误，年轻的乒乓球运动员庄则栋跟着也犯错误，其实真是不足为奇的。他也是受害者，一个严重的受害者。

庄则栋在我们老家特别有人缘。2006年，他们又让我邀请庄则栋和邱钟惠两位世界冠军一起光临。他们先到我的五峰山居，爱好乒乓球的人们早早就在山居恭候，欢谈至暮色降临，再驱车去东阳。我的朋友，金华市委原副书记马际堂、义乌市委书记楼国华等也闻讯赶来与他们一叙。

庄则栋一直以身体强健而自豪。在东阳做客时，他说出来前，刚检查过身体，是用最先进的医疗仪器查的，一点毛病也没有，特棒。他十指并拢，膝盖不弯，双手碰地，"你们瞧，我的身体多棒！"然而，说此话后不到半年，万恶的直肠癌便袭倒了他。在他最盼望的北京奥运会开幕前夕，住进了医院。

七、最后一搏

晚年庄则栋

自 2007 年发现恶性肿瘤转移之后，庄则栋就在北京、上海、石家庄等地四处求医。人们对为祖国立过功的人是尊敬的，对他是一路绿灯。昂贵的医疗费，国家都给解决了。

《乒乓世界》的主编夏娃是我在《中国体育报》任职时的下属。她说，国家体育总局[①]和乒羽中心获悉庄则栋患癌症后，各拿出五万

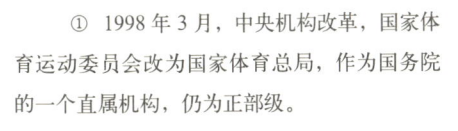

[①] 1998 年 3 月，中央机构改革，国家体育运动委员会改为国家体育总局，作为国务院的一个直属机构，仍为正部级。

元用于他的治疗。从 2009 年起，乒羽中心每月拿出四千元补贴，用来雇人照顾他。随着病情的加重，又多次送钱过去。从国务院总理到财政部，从国家体育总局和乒羽中心，到北京市体委，都给予全力帮助，最后以"不封顶"地支付医药费用来挽救他的生命。

当年的队友陆续到医院看望他，球迷们更是用各种方式表达对他的关心关爱。据说，内联升的一位老职工，自己拿钱买了一双棉鞋送给庄则栋，并说："我特别佩服庄则栋，让庄老穿着我送的棉鞋走，是我一生的荣耀。"

庄则栋虽曾官至正部级，但已销职为民。对于来自国家的特殊照顾，他是感激的。当年在乒乓球队时，人们曾送给他一个绰号"装不懂"。其实，他聪明过人，什么都懂、什么都明白。他感激党和人民对他的关怀和照顾，他对自己的后半生知足。

患病后，他希望医生们如实地告诉他病情。他说："我一直要求不要对我隐瞒，自己深知目前的危重程度。我能做的就是配合医务人员，与病魔最后一搏。"

这最后一搏的战场，就是他就医的医院——北京市佑安医院。

眼下，患癌症的人出奇的多。谈癌色变，是一种通病。有位作家说，我不体检。一位朋友老体检，结果查出了癌症，不到三个月就死了。当然，也有"抗癌英雄"，像学人苏叔阳先生，明知患了癌症，依然到处跑，病情转移了，动完手术，又照跑不误。他的观点是与癌症交朋友。这种乐观心态，是治癌症的最好良方。有的人不是因癌症致死，而是被癌症吓死的。

2007 年 5 月 1 日，庄则栋开了自己的博客。确诊为癌症晚期后，他把博客作为与球迷和各界朋友交流的平台。他在博客中写道："面对这无情的打击，让我掰着手指计算时日。现在我已经不能以年计算，这对我可能是奢望了。我只能按月、按日计算。越是这样，可能越会激发我的创造力。"他还赋诗一首以自勉：

> 繁华落尽归平淡，
> 烂漫顽童变老夫。
> 莫道盛年成往事，
> 擒龙伏虎意如初。

庄则栋喜欢书法，他将毛泽东、周恩来有关"乒乓外交"的事写成条幅，也将自己喜欢的格言和诗词写成条幅，在博客中向朋友们展示。大家说，博客成为庄则栋抗癌斗争的全记录。

2011年7月14日，他的肝脏确定已坏死八分之七。他于9月5日在博客上写了一篇《公告》："本人因手术原因，近期无法更新博客，望广大网友谅解。"

9月15日，又发了一条博文，重复《公告》内容："因手术原因，可能会很长一段时间无法更新，望广大网友见谅。"

然后，病魔使他的"博客"永远消失，就如同"永远关机"一样。

庄则栋对癌症的态度是战斗，是"永不放弃，永不言败"。

在病危时，他说，对待生死，我很想得开。生是偶然，死是必然。人生对我来说，重要的不是凯旋，而是战斗。活一天，就战斗一天。

《祖国在我心中》——庄则栋书法展

赢球要赢心 输球不输人

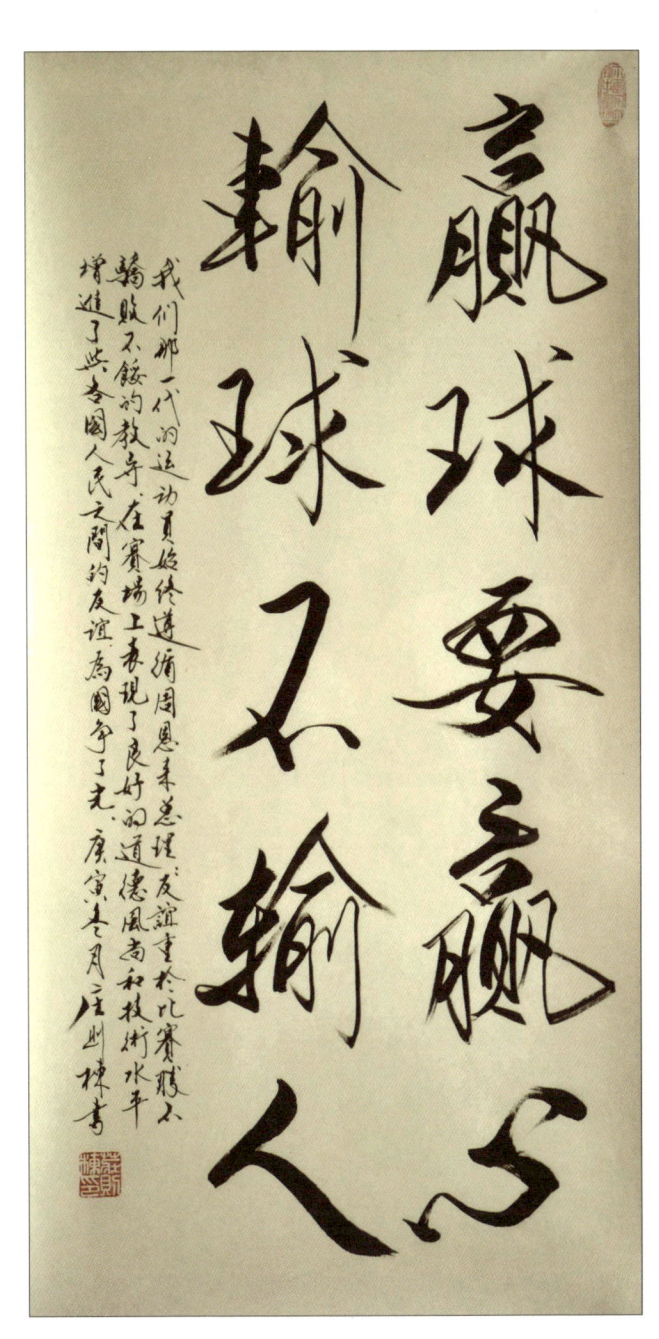

我们那一代的运动员始终遵循周恩来总理"友谊重于比赛"教导不骄败不馁的教导，在赛场上表现了良好的道德风尚和技术水平，增进了与东南亚国人民之间的友谊，为国争了光。庚寅春月庄则栋书

庄则栋书法作品

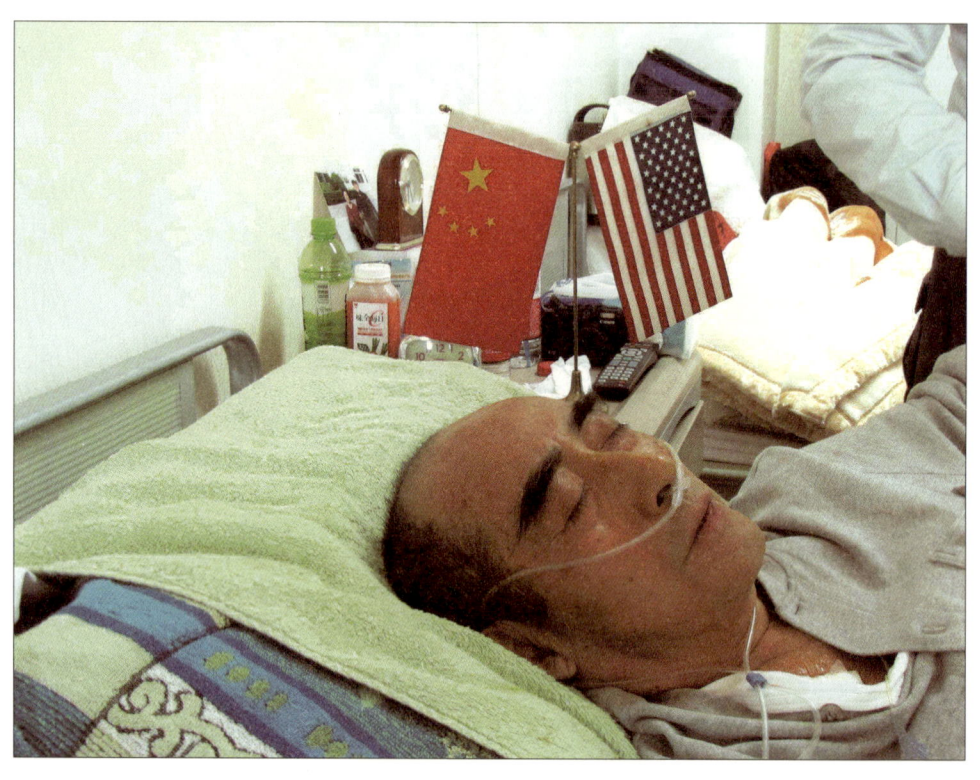

庄则栋的病床前，摆放着鲜艳的五星红旗和美国国旗

北京佑安医院的郑加生大夫，是中国肿瘤微创治疗技术战略联盟理事长，一位权威专家。他是庄则栋医疗团队的负责人。据他介绍，庄则栋从2012年8月入住医院后，先后对他进行了五次CT引导下的肝脏射频消融手术，初期效果不错，但无力回天。

2013年2月4日，病情恶化，庄则栋知道自己将不久于人世，他对站在病床边的记者和家人说："我走后，不要办什么追悼会，让大家劳累，大老远地跑到八宝山。其实武则天的无字碑就很高明。有的人还要计较'贡献'还是'重大贡献'的区别。真正的评价在人们的心中。"

庄则栋很崇敬的两位名人，都到病房去看望了他。文怀沙说："庄则栋不论此岸彼岸，天上人间，都是中华精英，了不起的人杰。他永远是中国人民的儿子。"

庄则栋去世前，最放心不下的是他的日本妻子佐佐木敦子。佐佐木敦子为了与他结婚，放弃了日本国籍，眼下无工作无医保。如果碰到困难就麻烦了……文怀沙对庄则栋说："敦子夫人得到庄则栋的爱，她是幸福而富有的。今后我有饭吃，她就饿不着。"庄则栋还把文怀沙送的书，放在床头，随时翻看。他最欣赏文怀沙的这几句话："人类最高的学问：谦虚和无愧、善良和虔诚。"

庄则栋去世后，我在文怀沙的工作室见到了这位文坛老人，提起"四人帮"的事，他大声说："那个时候，江青叫谁去谁敢不去呀！……"我明白，他是为庄则栋的过失解脱。文老不愧为庄则栋至死都念叨的忘年至交！

范曾先是从国外打电话问候，在庄则栋去世的头一天，2月9日上午，他匆匆地从国外回来赶到佑安医院，送来一幅他特地书写的字——"小球推地球，斯人永不朽"。他还为体育界的这位老朋友，留下最后的音容。他用熟稔的笔，勾勒出庄则栋的头像。而庄则栋也出人意料地挣扎着坐了起来，使劲地睁大眼睛，让自己留在画家笔下的形象尽可能精神些。

范曾与庄则栋这最后的一次见面，牵线搭桥者是宏宝堂经理、书法家淳一先生。淳一与庄则栋有二十多年的交往，庄则栋在送给淳一的自传《邓小平批准我们结婚》那本书上，有八九条内含深意的亲笔留言。

最令庄则栋感到欣慰的是佐佐木敦子始终陪伴在他身边，只要一刻不见，

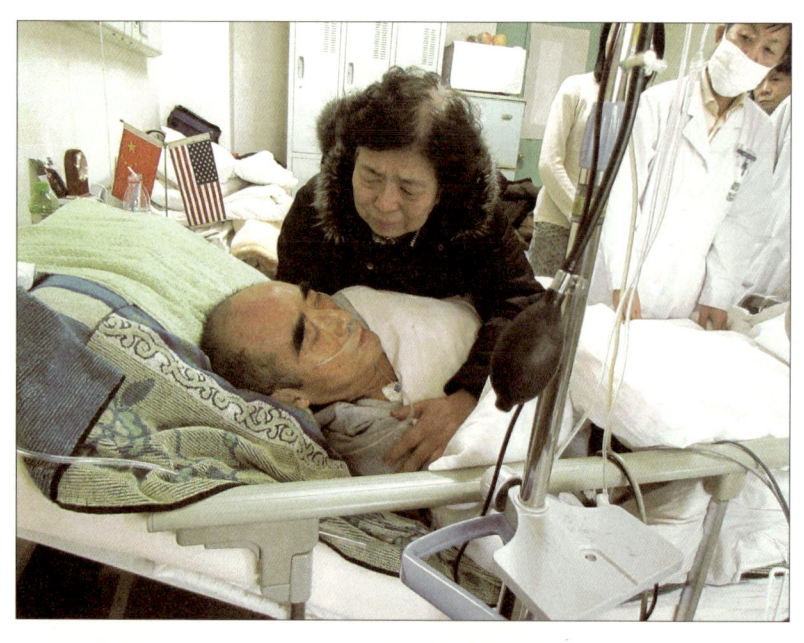

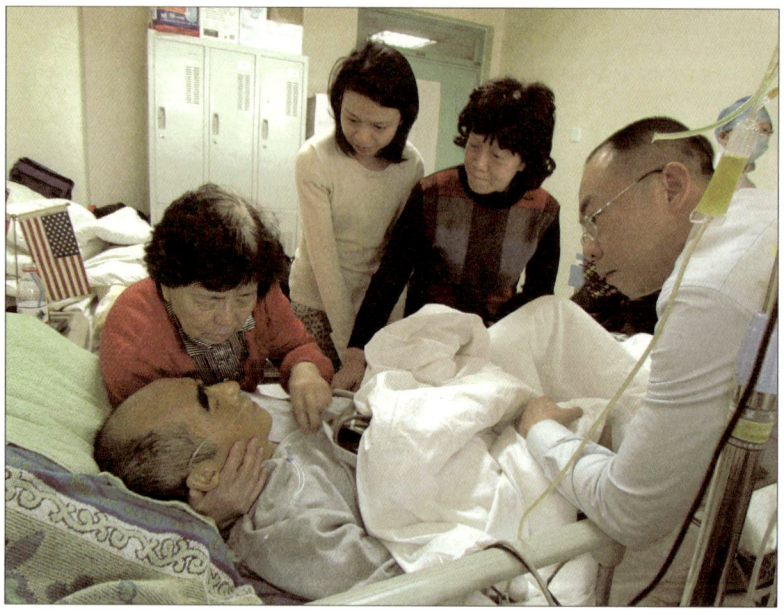

亲人们围守在与死神搏斗的
庄则栋身旁

他就要呼叫她。2月8日下午，医院通知家属准备后事。佐佐木敦子回家取衣服，庄则栋不断地呼叫敦子的名字，声音微弱颤抖。他让人接通敦子的手机，声音微弱地说："敦子，你快回来吧，不然咱俩就见不上面了。"

前妻鲍蕙荞和儿女们也守着他。

闭眼前，敦子抱着他的头，握着他的手，悲痛欲绝。身边的人问他："你在拉着谁的手？"庄则栋居然说是鲍蕙荞的手。鲍蕙荞急忙过去，从儿子手中拉过他的手，说："则栋，我是蕙荞。"

简单的祭奠，表达着亲人们深深的哀思

灵堂前，摆放着老队友、老朋友敬送的花圈

庄则栋临终时，我没有在场，但从网上看到记者的特写，看到那情那景的照片，我感动，我沉思。

庄则栋走时，一手拉着日本妻子的手，一手握着前妻的手，这是人世间多么感人、多么凄美的一幕啊！

爱！大爱！

"人在临死前，大多是不流眼泪的，哭的是别人，这说明死亡有活人所不知的快乐与平和。"庄则栋生前说过这样充满哲思的话。

2013年2月28日，一个雾霾的日子，在北京佑安医院太平间，亲友们向庄则栋做最后的告别。红底黄字的横幅上写着一行字："沉痛悼念亲人——庄则栋"。庄则栋安详地躺在透明的官柩中，身上盖着白布。灵柩前有三个花圈，一个是北京市少年宫送的，一个是亲属送的，还有一个是队友们送的，签了徐寅生、李富荣、庄家富、张燮林、邱钟惠等数十位队友的名字。美国前国务卿基辛格老人从大西洋彼岸发来唁电，悼念这位"乒乓外交"功臣：

> 作为一位重新建立中美友谊的先锋人物，庄则栋先生的美好形象将永远被美国人民怀念。在中华人民共和国和美利坚合众国之间几乎没有任何联系的年代，在一次国际乒乓球赛时，庄则栋将他的欢迎之手伸给了他的美国对手。他的这一伸手是如此重要又出人意料，它成为了两国关系新一页的象征。

在过去的许多年中，我跟庄则栋时有见面，他充满慈爱和宽广胸怀

基辛格会见庄则栋

鲍蕙荞与佐佐木敦子相拥而泣,她们为失去亲人而悲痛万分

庄则栋走了,家人、朋友沉浸在深深的怀念中

的精神给我留下了深刻的印象。今天，我们悼念他，为中美共同向往的新时代而努力。

亨利A·基辛格
2013年2月于纽约

我想，假如开追悼会，那么前来悼念的人会很多很多，花圈会堆积如山。因为他有太多的崇拜者和球迷。

在这种场合，在这个时刻，鲍蕙荞与佐佐木敦子悲痛相拥。儿子庄飙捧着父亲庄则栋的遗像走出太平间，登上了去八宝山的灵车，灵车的号码是京A·A6788……

斯人已去，我想用网友的一句话，为本书结尾："记住他的功，忘掉他的过。"

2013年4月4日清明节写于北京龙潭西湖
2013年4月28日改稿于方岩五峰山居
2013年6月24日再改于北京五峰斋
2013年11月22日定稿于北京亦庄

斯人已去，业绩永存

后　记

　　这部书稿，写了九万多字便收笔了。像庄则栋这么一位大起大落、大红大黑的传奇人物，写上几十万字也不算多。究其原因，一是庄则栋自己已写过长篇自述，重复的不去写。二是想把最精华的奉献给读者，不掺水分，浓缩着写。在这个时间便是金钱的年代，这种写法或许会受欢迎。

　　自从沉醉丹青之后，我对写作，不止一次宣告"封笔"。但这笔总也封不住。2012 年，应三联书店之约，出版了一本名为《近墨者黑》的书，写了五六十位书画界的师友。我以为，那是一本"还情"之作。我的工作在体育界，从1960 年跨出校门，便一直从事体育工作，当记者，当社长，当总编。退休后，住的这个院落，也尽是体育人士。可以说，此生干的是体育，接触最多的也是体育人士，而且其中有不少是至交好友。

　　二十世纪六十年代初，因为采访，我结识了庄则栋。从相识到相知，已有半个多世纪。开始，我们是采访与被采访的关系。后来他平步青云当了部长，我们是领导与被领导的关系。虽然，我们是老熟人，但此时我对他是敬而远之。

再后来，我成了体育界传媒的"当家人"，而他从高处跌到低谷，被一撤到底，成了走背字的人物。

人们都说，不同年龄，不同时期，不同职业，不同爱好，就会有不同的朋友。一言以蔽之，朋友是变化的，一生不变的朋友极其罕见。在长达半个多世纪里，我与庄则栋一直保持着交往，或近或远，或亲或疏。无论是他飞黄腾达，还是他沦为"阶下囚"，我都关注他、关心他。友谊之绳始终牵连着我们。我们是老相识，亦始终是老朋友。

当得知他患了癌症之后，我马上登门去看望他。当他住院与癌症搏斗时，我时时惦记着他，不放过报刊上、网络上有关他的任何信息。我期盼他能战胜绝症，坚强地活下去。

当大年初一晚上，得知他真的永远离我们而去时，我悲痛地回忆起与他交往的一桩桩往事，久久难以入睡。

"应该把我了解的庄则栋，一个真实的庄则栋，告诉世人。"于是，我萌动了写这位老朋友的念头。

庄则栋是一个时代人物。在二十世纪六十年代，他是人们心中的偶像，是为国争光为民族争气的英雄。七十年代初，他在"乒乓外交"中的贡献，也是有口皆碑。从那个年代走过来的人，只要是提起庄则栋，无不怀着深深的敬意。甚至爱屋及乌，连他的过，都宽大包容。他们说："庄则栋也是一个受害者。"

这些年，每逢三月份"两会"期间，身为全国政协委员的作家朋友赵丽宏总要相邀京城的一拨文友小聚。袁鹰、刘心武、陈丹晨、从维熙、肖复兴，还有画家罗雪村、人民文学出版社教材出版中心主任包兰英及本人，都是常客。后来，我发现，这些文友都成了他主编的《上海文学》的"铁杆"作者。丽宏是用真诚与友情在做组稿工作。所以，每回小聚都有成果。席间，丽宏披露了我打算写庄则栋的消息，并很真挚，甚至不容商量地说："鲁光，把书稿交给包兰英，由人民文学出版社出版。"

在座者，都赞成我写庄则栋，期盼我将一个真实的庄则栋告诉读者。他们希望我揭秘乒乓球队的"让球"内幕，渴望了解乒乓球队多位教练自杀的真情实况……

分手时，丽宏一再说："鲁光，赶紧动笔，我们等着读呢！"

于是，凭着手中珍藏的资料，凭着我的记忆，凭着写作的冲动，我用了半个月时间赶写出初稿。包兰英拿去初稿安排打印，赶在我启程回故里之时，将打印稿交给我。在故里山居，我潜心将稿子做了推敲、修改。

此时，在稿子即将付梓之际，庄则栋的音容笑貌又浮现在我的眼前，他那英俊的外表，潇洒的气质，率真的性格，甚至幼稚的单纯，一切的一切……

庄则栋有功也有过，而且功是大功，功大于过是无疑的。但无论功与过，无不深深地留下了历史的烙印。他是时代的弄潮儿，是历史的缩影，他会永远留在历史的长廊中。

在故里山居，一位"90后"记者采访我，我告诉她，我在写庄则栋。她问我庄则栋是谁？这让我有些吃惊，她居然不知道庄则栋为何人？！但也使我清醒地认识到，庄则栋毕竟是那个年代的人物，年轻的一代并不知道他，或知之甚少。

我相信本书会有众多的读者，但我更希望不知道庄则栋为何人的年轻人也来读一读，因为历史是需要传承的。

又一次封不住笔，还是为了"还情"。或者说，是出于一种责任。正如鼓动我写庄则栋的朋友们说的，"你不写，别人写不了"。

我也不知道是否真的如此。

最后，我要真诚地感谢关心这本书写作的所有朋友们，感谢为我提供资料和信息的老领导、老同志们。特别要感谢我的老朋友、老同行齐大征为本书提供的大量图片。

2013 年 11 月 24 日晨于京南龙潭西湖

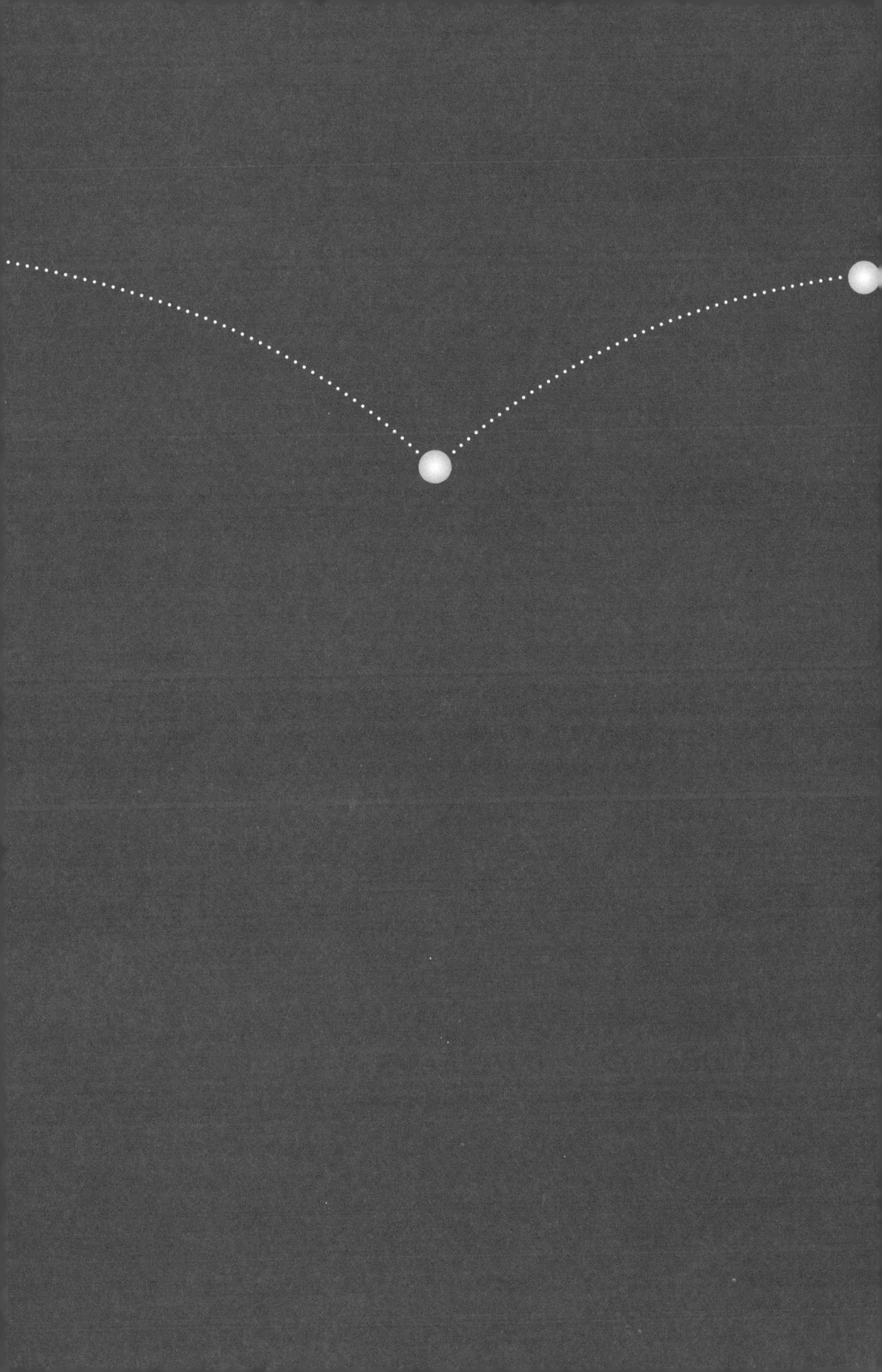